Jens Korbus

DIE GESCHICHTE VON ALFONS UND DER KÖNIGIN REINECLAUDE

Briefe aus Ostpreußen

AF220818

Bibliografische Information der Deutschen Nationalbibliothek: Die Deutsche Nationalbibliothek verzeichnet diese Publikation in der Deutschen National-bibliografie; detaillierte bibliografische Daten sind im Internet über http://dnb.dnb.de abrufbar.

© 2018 Jens Korbus, 56072 Koblenz

Coverbild: Reineclaude, Pierre-Joseph Redouté, Wikimedia Commons und
Fotolia # 62404712, Calligraphy von Minerva Studio

Cover und Layout: Manuela Wirtz, www.manuwirtz.de

Herstellung und Verlag: BoD – Books on Demand, Norderstedt

ISBN: 9783752823998

JENS KORBUS

Die Geschichte von Alfons und der Königin Reineclaude

Briefe aus Ostpreußen

DER HERAUSGEBER
AN DEN LESER

Gestern konnte ich es noch nicht, heute kann ich mich wieder erinnern. Ich versuche nachzudenken und nehme Bernhard Schlinks „Vergewisserungen", die vor mir auf dem Schreibtisch liegen, zur Hand. Da liegt der Schlüssel. Die Ärzte hatten es ausgesprochen, dieses fremde Wort Amnesie. Ein seltsames Gefühl, wenn man sich plötzlich wieder erinnern kann, aber doch nur bruchstückhaft, vorerst. Später wird vielleicht mehr kommen. „Es ist wie beim Laufen, Sie müssen nur einen Fuß vor den anderen setzen", hatte der Heilpraktiker gesagt. Ich lege mich auf das schmale Bett, das in meinem Arbeitszimmer steht, und resümiere. Was wird meine Frau sagen, wenn sie mich nicht mehr zu versorgen braucht? Nicht nachdenken, die Erinnerung kommt von selber. Ich bin Deutscher, ein seltsames Wort! Ich hatte studiert, war Lehrer geworden und war wegen dieser Amnesie aus dem Schuldienst entlassen worden. Granzoff hatte es mir ermöglicht, in meinen Alltag zurückzukehren und weiterzuleben. Meine Frau sagt mir, dass ich in Ostpreußen geboren bin. Jedenfalls nicht unwahrscheinlich mit meinen fünfundsiebzig Jahren. Ich weiß nicht, was meine Eltern gedacht haben, jedenfalls habe ich ihre Erwartungen wohl erfüllt. Ein bürgerlicher Beruf, Heirat, keine Kinder. Vielleicht kann ich mich jetzt erst von den Erwartungen der Eltern befreien. „Waren sie Nazis?" frage ich meine Frau. Ich weiß nicht mehr genau, was ein Nazi ist, ich werde aber in meinen Geschichtsbüchern nachschlagen, und ich bin sicher, dass auch hier die Erinnerung zurückkommen wird. Meine Frau meint, ich solle zurückgehen und das deutsche Schicksal, das wohl auch in meiner Familie Platz gefunden hat, wieder erinnern. „Stehe auf und wandele", mein Gott, wie hatte mich dieses Jesus-Wort immer irritiert, und jetzt sollte es auf mich selbst angewendet werden? Ich schließe die Augen und wünsche mich einen Augenblick in den erinnerungslosen Zustand zurück. Meine Frau kommt noch einmal ins Zimmer: „Brauchst du etwas?" – Ich brauche nichts, und ich glaube, ich will mich gar nicht erinnern, obwohl ich es jetzt kann. Ja, ich war Lehrer am Gymnasium, und ich bin seit zehn Jahren pensioniert. Es ist, als ginge man die Stufen einer Treppe hoch. – Vielleicht kann ich jetzt wieder ein befriedigendes Leben führen, so als habe ich nach langer Abwesenheit meine Familie wieder gefunden. Man weiß ja nicht, was man vergessen hat. Der Heilpraktiker kam aus Bulgarien, ein großer vierschrötiger Mensch mit weißen Haaren, einem flächigen Gesicht und einer fleischigen Nase. Er hatte mir einfach die Hand auf den Kopf gelegt und gesagt: „Sie können sich wieder erinnern!" Die erste Stufe, die zweite, die dritte ...! Meine Frau hat gesagt, es sei gefährlich, was ich zu unternehmen versuche. Immerhin ein Anfang. Ich schließe die Augen und versuche, mir das Bild meiner Mutter ins Gedächtnis zu rufen. Es gelingt! Wie sie im Winter in ihrem Persianermantel auf dem Friedhof steht, vor dem Grab meines Vaters. Ich habe damals eine alte Leicaflex gehabt, mit der ich sie fotografierte. Ich hatte in einer der herumstehenden Gießkannen Wasser geholt und die Winterbäumchen auf dem Grab gegossen.

Und jetzt fragt meine Frau: „Wird das auch so bleiben? – Nur durch Handauflegen? – Nimm einen Cognac!"

„Erzähl' es meinen Geschwistern nicht", erwiderte ich, „ich will mich selbst aus dieser Umhüllung herausschälen!"

Ich werde damit beginnen, dass ich die verschnürten Bündel mit den alten Familienpapieren im Keller aufdrösele und studiere. So kann ich Schritt für Schritt in die Vergangenheit eindringen.

Als erstes finde ich im untersten Fach ihres Kleiderschranks eine Pralinenschachtel von Stollwerk. Als ich sie öffne, fallen mir circa fünfzehn Briefe in Umschlägen entgegen, die an meine Mutter gerichtet sind, die Adressen mit steiler, schräger Schrift geschrieben. Es sind Briefe aus den Jahren 1936 bis 1939, der Zeit, in der meine Mutter, Käthe Teutenberg, die Ostpreußin war, tausend Kilometer westlich, in Koblenz, an der Hochschule für Lehrerinnenbildung studiert hatte. Ich öffne ein paar Umschläge und lese, dass sie von meinem Vater, Alfons Karbarek, stammten, der damals in ganz Ostpreußen als Getreidekaufmann in der Privatwirtschaft und bei Raiffeisen gearbeitet hat. Ich fotokopiere mir die Briefe und die Umschläge und tue alles wieder in die Schachtel zurück, so sorgfältig, als habe ich ein Tabu gebrochen. Dann ordne ich die Briefe nach ihrer Reihenfolge. Ich hatte schon vor Jahren meine Mutter, meinen Vater, meine Großmutter und meine Tanten interviewt und die Gespräche auf Tonbandkassetten aufgezeichnet. Ich hatte alte Fotos von den Verwandten gesammelt, ich fand im Keller Bündel von Dokumenten und alten Postkarten, letztere mit dem Emblem des Roten Kreuzes und des Roten Halbmondes. Ich beschließe, daraus eine Geschichte zu machen und die Briefe in den Text einzuordnen. Ich erinnerte mich immer mehr, und so entstand die Erzählung, die ich hier vorlege. Ich habe Russisch und Philosophie studiert, und wurde Gymnasiallehrer in diesen Fächern. Nach allem, was ich zusammengetragen habe, muss man davon ausgehen, dass ich und meine zwei Geschwister aus einer ganz ungewöhnlichen Beziehung hervorgegangen sind.

Ich weiß, dass Ostpreußen unwiederbringlich verloren ist. Durch Hitlers Schuld, an der auch die Deutschen einen großen Anteil hatten. Aber ich möchte mich erinnern und auch ein Lebenszeichen aus diesem verlorenen Land in die Welt schicken. Ein Zeichen davon, wie es einmal gewesen ist. Meine Mutter hat ein Leben der Disziplin und der Pflichterfüllung gelebt. Erst kämpfte sie um Abitur, Studium und Beruf. Dann, nachdem ihre Kinder fast groß waren, für deren Studium, indem sie wieder in den Schuldienst ging. Mein Vater war intelligent und vorausschauend. Wäre seine Vaterstadt Soldau 1920 nicht gegen das Votum der Volksabstimmung an Polen gegangen, hätte er in Soldau bleiben und Abitur machen können. So holte er in einem Jahr auf einer Privatschule das Einjährige nach, machte eine Lehre und wurde Getreidekaufmann, im Agrarland Ostpreußen auch kein schlechter Beruf.

Ich habe in der Reihenfolge geschrieben, die das Material und meine Erinnerung geliefert haben, und die Briefe im Wechsel mit den Erzählkapiteln chronologisch angeordnet, obwohl diese Briefe nur einen kleinen Teil des Erzählspektrums umspannen. Dabei haben auch ästhetische Gründe den Ausschlag gegeben.

1. MASUREN

Die Stadt Neidenburg auf einem Luftbild. Die Häuser schnurgerade und quadratisch um die rechtswinkligen, großen Marktplatz im Zentrum angeordnet. Häuser mit spitzen Giebeln und nicht weit entfernt, mitten im Stadtwald die Ordensburg mit ihren zwei spitzen Wehrtürmen. So verträumt und beschaulich, dass man nicht glauben sollte, dass es hier einmal Nazis geben könnte. Das Land im Süden Ostpreußens, nicht weit von der damals russischen und nach dem Ersten Weltkrieg der polnischen Grenze, lebte von Landwirtschaft. Die Stadt hatte Ämter, sie war Kreisstadt, sie hatte ein Krankenhaus, eine Burg, ein Bau- und Sägewerk, darum herum viel Wald. Es war ein ländlich-sittliches Leben in der Stadt. Mittwochs und samstags gab es einen großen Bauern-, Vieh- und Pferdemarkt, anschließend gingen die Bauern in die Kneipen und Wirtschaften, es gab eine Schule, ein Gymnasium und eine Mädchen-Oberschule. Die Stadt wurde zu Beginn des Ersten Weltkriegs durch einsetzende Angriffe der russischen Truppen und die zeitweilige Besatzung zerstört und war immer umkämpftes Gebiet. Der zaristische General Samsonow hatte hier sein Hauptquartier gehabt. Die Jugendlichen spielten Eishockey auf dem zugefrorenen Schlossteich. Es war eine ruhige Stadt. Die Menschen aufgeschlossen und freundlich.

Das Mädchen lebte in der Deutschen Straße in einer Vierzimmerwohnung, teilte sich ihr Zimmer mit vier Schwestern. Die zwei Brüder hatten ein eigenes Zimmer.

Der Vater war bei der Post beschäftigt, die Mutter hatte drei Monate Schneiderin gelernt. Es wurde in der Familie viel gelesen, der Vater legte dabei die Füße auf die Ofenbank. Er war eigentlich die Verkörperung des preußischen Beamten. Es wurde viel gewandert und die Kinder auf dem Gepäckträger des Fahrrads mitgenommen. Beim Essen saß die ganze Familie rund um den Tisch, und die Kinder mussten nach den Mahlzeiten singen. Der Vater war auch ein bisschen jähzornig. Erst 1910 war er Beamter geworden. Er arbeitete gerne mit Holz, Fußbänkchen oder Schränkchen. Wenn er seinen Kindern Geld für den Eiswagen geben sollte, drehte er sich um, damit niemand in sein Portemonnaie schauen konnte. Wenn er kaufte, dann war es etwas „Anständiges", wie man so sagte. Seine Frau nähte fast alle Kleider für die Kinder. Vor dem Schlafengehen kniete sie am Tisch und betete. Sie muss in ihrer Jugend an die ostpreußische Sekte der Gromatki geraten sein. Sie hatte zwar keine Zeit, in die Kirche zu gehen, war aber sehr gläubig. Einmal in der Woche gab es Bibelstunde.

Der Vater des Mädchens war erst vor ein paar Jahren aus einem Straßendorf weiter südlich in die kleine Stadt gezogen, weil er bei der Post zum Postbetriebswirt aufgestiegen war.

Das Mädchen war als zweites Kind in dem Straßendorf Scharnau im südlichen Masuren geboren worden. Zwei ältere Brüder waren schon mit drei und vier Jahren an Scharlach gestorben. Auch das Mädchen bekam Scharlach. Aber eine Weise Frau, die an sein Krankenbett geholt wurde, riet zu Ziegenmilch, und die half. Das Haus, in dem sie wohnten, war aus Holz, das Dach aus Stroh, mit dickem

Moos bewachsen. Auf einem Schild am Haustürpfosten konnte man lesen, dass das Haus feuerversichert war. Ab und zu posierten sie vor dieser Tür vor den Fotografen. Die Mutter mit dem dritten Kind, einer Tochter, auf dem Schoß in der Mitte auf einem Stuhl. Darum herum drapiert sie, Käthe, neben ihrer älteren Schwester. Man erkannte sie gleich an den nach außen gewendeten Waden. Noch war keiner ihrer Brüder auf der Welt, die Söhne, die sich ihre Eltern so sehnlichst wünschten. Rechts dahinter standen die zwei Brüder der Mutter, Fritz und Karl. Der Hausherr in schmucker Postuniform, den die Russen 1914 für einen Soldaten gehalten hatten und mitgenommen hatten. Beim zweiten Mal glückte ihm die Flucht über die masurischen Sümpfe. Die beiden Töchter waren barfuß.

Die Kinder hatten in Scharnau viele Bilder- und Märchenbücher, aber auch papierene Puppen, die man mit papierenen Gewändern und Kleidern behängen konnte. Abends saß jeder in seiner Ecke und las Bücher. Die Heimatromane Skowroneks, von Götz Heidler „Befehl des Gewissens". „Quo Vadis" wurde auch mal angefangen, aber wieder weggelegt und von Alfred Karasch „Der Blinde". Im Winter ging man zum Schlittern auf dem zugefrorenen See auf den Holzschuhen, die Koschorren genannt wurden. Waren die Bücher ausgelesen, ging man in die Leihbücherei Görz zum „Wechseln". So hieß das Tauschen gelesener, aber noch gut erhaltener Bücher. Das Mädchen hatte kein eigenes Zimmer. Nachts schlief es auf der Uafka, dem hölzernen Bett in der Küche, das tagsüber als Sofa benutzt wurde. Abends klappte man den hölzernen Deckel nach oben, darunter befand sich ein Strohsack. Der wurde mit bläulich gestärktem Leinen bedeckt. Morgens weckten sie die gackernden Hühner. Sie hütete gerne die Gänse. Kühe besonders! Da herrschte die herrlichste Ruhe und Stille. Denn im Haus war es sonst nicht so ruhig. Begannen ihre Geschwister zu zetern, musste sie hinaus zu den Kühen. Beim Hüten konnte sie von ferne die polnische Grenze sehen, die bis 1920 noch russisch gewesen war. Sie hatte von all den Geschwistern die beste Beziehung zu ihrem Vater. Es war ein bisschen wie in den Romanen von Peter Rosegger und den Bildern von Wilhelm Leibl.

Der Boden war aus Ziegeln gemauert und mit weißem Sand bestreut. Arm? Man war nicht ärmer als die meisten Scharnau-Bewohner.

Als ihr Vater nach Neidenburg zog und sie noch ein Jahr allein in Scharnau bleiben musste, weil sie direkt aufs Gymnasium wollte, hat sie oft zwischen den gekreuzten Dachfirsten gesessen und auf die Eltern gewartet, manchmal auch Moos nach unten geworfen. Den Störchen nachgeschaut und die Wäsche gebleicht. Am liebsten spielte sie Schulchen. Da mussten sich die Kinder nach ihr richten, denn sie war die Lehrerin. Sie ist später auch Lehrerin geworden. Sie war oft krank, hatte fast alle Kinderkrankheiten. Masern, Scharlach, Röteln und Ohrenentzündung. Sie streunte bei den Nachbarkindern herum, die Familien hießen Ripka, Sadowski und Jebram. Frau Jebram imponierte ihr, weil sie sich in dieser Zeit hatte scheiden lassen. Auf dem Dorf.

Alfons Karbarek schreibt Käthe Teutenberg nach Tussainen in Nordostpreußen in den Arbeitsdienst, den im NS-Regime ab 1936 jede Frau absolvieren musste, wenn sie studieren wollte.

Rößel, den 29.11.1936

Für Deinen Brief vielen Dank. Es ist ja sehr bedauerlich, dass Eure Urlaubsverhältnisse so miserabel sind. Dass ich Weihnachten in Neidenburg bin, ist ja ganz klar, denn Du weißt, nach Deutsch-Eylau fahre ich nicht. Königsberg ist auch nicht das Richtige, und in Rößel werde ich auch nicht bleiben. Also Käthe, vergiss mir nicht zu schreiben, wann Du Deinen Weihnachtsurlaub beginnst bzw. von Tilsit losfährst, vielleicht kann ich es auch irgend möglich machen, dass ich Dich in Buschdorf oder Korschen noch vorher treffe. Denn dass wir zusammenfahren, wird ja wohl nicht gehen, weil Euer Urlaub früher beginnt.
Mir geht es hier so leidlich. Ich bin größtenteils unterwegs, um die ermländischen Bauern zur Burgmühle zu bekehren, was mir teils auch schon gelungen ist. Im übrigen spielt sich das Leben hier ziemlich gleichförmig ab. Das Bearbeiten der Bauern ist noch immer ziemlich anstrengend, aber mit der Zeit glaube ich hier ganz gut reinzukommen. Ich weiß noch nicht genau, aber evtl. fahre ich heute in einer Woche nach Neidenburg. Das heißt natürlich gestern in einer Woche, denn heute ist ja Sonntag und auch bereits 20.00 Uhr.

Geschrieben habe ich bereits zwei Briefe und eine Karte nach Neidenburg, allerdings an Hidda. Eure Kost scheint ja gerade keine Mastkur zu sein. Ich habe Euch immer gesagt, dass Ihr Euch nach den heimatlichen Fleischtöpfen zurücksehnen werdet. Damit Du nicht ganz als Leiche erscheinst, gehen Dir mit gleicher Post einige Täfelchen Schokolade zu, die Du doch so gerne isst. Von einer Ecke der einen Tafel habe ich ein Stückchen abgebissen und einen langen Kuss darauf gedrückt. Gib ihn wieder zurück (der Mensch muss sich zu helfen wissen). Was sind das für Sachen für die Mädchen in einem Lager? Ich halte diese ganzen weiblichen Arbeitsdiensläger überhaupt für großen Unfug. Vor allen Dingen sollen sie Euch nicht dauernd rote Rüben zu essen geben.

Ich war diesen Montag zu einem Vortrag und am Mittwoch im Theater (Zarewitsch). Diese Theaterabende sollen, so wurde mir gesagt, der Treffpunkt der oberen Zehntausend sein. Ich kann nur sagen, ziemlich mäßig diese oberen Zehntausend. Hier ist sonst absolut gar nichts los. Betrieb ist nur am Montagvormittag (Kirchgang). Dann aber auch wie in Berlin. Die einen kommen, die anderen gehen.

Nun sei herzlich gegrüßt

PS: Du brauchst mit Deinen Antworten durchaus nicht so lange zu warten wie ich.

Rößel, den 10.1.1937 nach Tussainen in den Arbeitsdienst

Für Deinen Brief herzlichen Dank. Nun ist wieder ein Drittel des Januars herum. Wie die Zeit vergeht. Hier geht alles seinen geregelten Gang. Ich bin heute nicht gefahren, weil ich vorhatte, dem Schuster zu schreiben; ich werde also am nächsten Sonntag fahren. Dass Ihr von Tilsit Autos nehmt, war sehr vernünftig. Ihr kommt hier also ziemlich vornehm an. Dass es bei Euch kalt ist, ist ja sehr bedauerlich. Bei uns ist es infolge Zentralheizung immer zu warm, sehr trockene Luft. Es ist schade, dass ich dort bei dieser Kälte nicht Schlittschuh laufen kann.
Hier in unserem Mädchenpensionat ist Zuwachs eingetroffen. Zwei Studienassessoren sind neu hinzugekommen. Wir haben sehr viel gemeinsame Bekannte entdeckt, und unterhalten uns überhaupt ausgezeichnet. Er ist äußerst begierig zu erfahren, wie sich Verschiedenes in Wirtschaft-Handel etc. abspielt. Er ist nämlich in dieser Beziehung von der allergrößten Naivität. Ich habe ihm bereits klargemacht, was doch ein Studienrat eigentlich für ein unwissender Mensch ist. Na, dafür kann er sicher ja besser griechisch als ich. Der andere ist katholisch und schon längere Zeit in Rößel. Komischer Kauz. Diese Woche war ich zweimal im Kino. Mädchen in Weiß – und Arzt aus Leidenschaft. Beide Filme ganz gut. Heute ist so ein katholisches Fest im Vereinshaus. Im übrigen haben wir heute

Vormittag zum ersten Mal sonntags gearbeitet, von 9 bis 1 Anschlussarbeiten und da haben alle mitgeholfen. Vorige Woche war furchtbares Dreck- wetter, jetzt hat's Gott sei Dank angefroren. Hidda hat inzwischen auch schon einmal geschrieben. Nun Liebes, es tut mir ja sehr leid, dass Du am Sonntag keinen Brief hast, aber dafür bekommst Du ihn dann Montag. Nun weine nicht wie die anderen Mädchen. Das ist doch lächerlich, wenn Ihr im Februar, das heißt Anfang Februar, freien Samstag habt, dann komme ich Dich besuchen, mein Schatz, und bringe Dir was Schönes mit. Und schreibe.

Nun sei herzlichst gegrüßt

2. FAMILIE

Dann wurde der Vater des Mädchens, der immer fleißig und strebsam gewesen war, also in den höheren Postdienst in die Kreisstadt Neidenburg versetzt. Fünfzehn Kilometer nach Norden. Das Mädchen blieb noch ein Jahr in Scharnau, zog dann um und ging in der Stadt Neidenburg auf die Höhere Mädchenschule. Jetzt konnte man von einem richtigen Familienleben sprechen. Am Wochenende fuhr man mit der Bahn die achtzehn, zwanzig Kilometer nach Kaltenborn oder Bujaken und richtete sich zwischen Seeufer und Wald zum Picknick ein. Die Bilder, die sich erhalten haben, sind so deutlich, dass man es gar nicht glauben mag. Zwischen hohen Baumstämmen die ganze Familie auf einer Wolldecke drapiert. Auf der Decke ein weißes Handtuch mit Butterbroten, Kuchen und Getränken. Links Eugen, der Zweitjüngste, der aus einer Limonadenflasche trank, schräg dahinter Käthe, die spätere Mutter des Erzählers. Im Vordergrund Undine, Frederik und Hidda. Ganz hinten der Vater und sein Bruder, der den Selbstauslöser betätigt hatte und schnell nach hinten zu den anderen gelaufen war. Die Frisuren der Jungen: seitlich kahl und oben ein Brikett aus nassen Haaren. Fast so wie heute. Schwimmen hatten alle im Schwimmbad am Neidenburger Schlossteich gelernt. Die herzliche Verbundenheit der vielen Geschwister strahlt auch noch auf dem Foto heute herüber.

Abends fotografierte der Bruder des Vaters die Familie im Esszimmer. Alle saßen um den ovalen Esstisch mit der geklöppelten weißen Decke und den langen Fransen. An der auffällig tapezierten Wand die Bilder der früh verstorbenen Söhne Karl und Willi. Beide waren hochbegabt gewesen. Alle blickten mit aufgerissenen Augen in den Magnesiumblitz, und jetzt war auch die Mutter dabei. Sie saß aufrecht neben ihrem Mann, auf dessen Schultern der Jüngste, Frederik, seine rechte Hand gelegt hatte. Der Bruder des Vaters, der wieder mit Selbstauslöser fotografiert hatte, war schnell in den Hintergrund gesprungen. Das Bild zeigt eine traditionelle deutsche Familie. Undine schaute nicht so, als hätte ihr Vater sie mittags nicht gezwungen, das ihr widerwärtige Sauerkraut zu essen. Elisabeth am rechten Bildrand, die später einmal Ringführerin beim BDM werden sollte, blickt so verträumt, wie es auf den Fotos sonst nur die Mutter des Erzählers tat. Man merkt dem Bild an, dass der Vater, Karl Teutenberg, der unumschränkte Herrscher in der Familie war.

Dann die halbe Familie im Neidenburger Stadtwald 1934. Es gab Restauration, und man saß an einem langen, hölzernen Tisch und trank Kaffee. Kein Kuchen, die weißen Tassen und die Kaffeekanne standen noch da, als wiederum der Bruder des Vaters auf den Selbstauslöser drückte. Hidda, die Älteste, 1914 geboren, neben der Mutter, die einen Hut trägt, dann Elisabeth, der Vater, Margot, die Frau seines Bruders, und ganz rechts der Fotograf, der noch rechtzeitig ins Bild gesprungen war. Mitten in einem schönen Laubwald.

Rößel, den 17.1.1937 nach Tussainen, Arbeitsdienst

Für Deinen Brief und das Geld vielen Dank. Du
hast gut, immer gleich meine Briefe zu beantwor-
ten, da Du ja doch in Deiner Freizeit nichts Besseres zu tun hast. Wäre letzteres der Fall, dann wür-
dest Du es wahrscheinlich nicht tun. Ich hatte die
ganze Woche angestrengt zu tun, und war abends
immer sehr müde. Im übrigen hast Du auch schon
wieder inzwischen von mir eine Karte aus Bi-
schofsburg bekommen. Ist das etwa nichts? Na, du
bist ja eine Beste und falls ihr sonntags den großen
freien Tag habt, dann schreibe schnellstens (da Du
ja doch nichts Besseres zu tun hast). Ich komme,
das heißt, ich treffe vormittags um 10.00 Uhr in
Tilsit ein. Der Anschluss morgens ist ganz gut. Ich
fahre um 7.43 Uhr von Buschdorf los und bin wie
gesagt um 10.00 Uhr dort. Die Rückfahrt lässt sich
allerdings am selben Tag nicht mehr machen. Ich
fahre um 20.45 Uhr oder 21.14 Uhr in Tilsit los,
übernachte in Insterburg, fahre von dort morgens
um 6.29 Uhr los und bin vormittags um 10.00 Uhr
in Rößel, das ist ja auch früh genug, nicht wahr?
Dir stehen für die Hinfahrt ja mehrere Züge zur
Verfügung.

Du kannst fahren	ab Ragnit	8.02 Uhr
	an Tilsit	8.18 Uhr
	ab Ragnit	9.45 Uhr
	an Tilsit	10.05 Uhr.

Der beste Zug wird wohl der letztere sein, denn
was willst Du morgens stundenlang in Tilsit

machen, wenn Du den Zug um 9.45 Uhr ab Ragnit nimmst, kommen wir beide ziemlich zur gleichen Zeit in T. an. Für die Rückfahrt hast Du ja auch mehrere Züge.

Diesen Sonntag ist das Pressefest in Königsberg. Mein Nachbar, Dr. Pretzler, wollte mit mir zusammen hin, aber was soll ich da ohne Dich; und wenn Du diesen Tag frei hast, komme ich natürlich viel lieber Dich besuchen. Sonst gibt's hier nichts besonderes. Heute Nachmittag war ich zum ersten Mal Schlittschuhlaufen. Ich war fast der einzige Ausgewachsene. Sonst lauter lütte Bälger. Na, die Rößler sind eben zu dummerig dazu. Die Bahn ist gar nicht mal so sehr schlecht. Anständig kalt (ca. 10 Grad) wars hier auch. Es ist doch sehr gut, dass ich mir den Pelz gekauft habe. Mit Eurem blödsinnigen Frühsport könntet Ihr jetzt in der Hundekälte auch aufhören. Ihr werdet Euch noch alle Rheumatismus holen.

Was Eure Gutsrendantin im Arbeitsdienst will, wenn es ihr auf dem Gut bei Zinten so gut gefiel, ist mir nicht ganz klar.

Na, alles andere quatschen wir durch, wenn ich sonntags bei Dir bin. Nun sei herzlichst gegrüßt.

3. NOCH EIN DEUTSCHER

Ihr Vater hatte diesen viel jüngeren Freund, der südwestlich an der russischen Grenze in Heinrichsdorf gewohnt hatte. Der hatte dort die neunklassige Volksschule durchlaufen und durfte dann in einem Jahr das Einjährige auf einer Privatschule nachmachen. Ins Lehrerseminar wollte er nicht, und so trat er mit fünfzehn in die An- und Verkaufsgenossenschaft der Stadt ein, in der das Mädchen lebte.

Auf einem älteren Foto, das sich erhalten hat, steht er zwischen Männern und seinem bebend gekrümmten Vater, dem Vater meines Vaters. Ein Commis mit geschorenem Schädel, ein Handelsbübchen in Preußen. Die Hände vor dem Gemächte, vergattert und böckchenhaft blickend. Der kleine geschorene Spross war rundköpfig-hübsch mit naiven und gütigen Augen. Er blickte gelassen und selbstbewusst. In Knickerbockern, einem hohem gestärkten Kragen. Sicher nahm er Ratschläge von den Männern an, in die er sich auf der Fotografie nahtlos einreihte. Er schien auch ein bisschen stoffelhaft zu sein, und in seinem damals noch wesenlosen Blick spiegelten sich die Wünsche seines Herzens. Aber es ging von ihm etwas Besonnenes aus. Ein Thonet-Stuhl steht neben dem Arrangement. Man weiß nicht, wie der nach Ostpreußen gekommen ist. Ein leerer Sack auf dem Boden, und die Fensterläden geschlossen. War es an dem Tag zu heiß? Da hatte er richtig in die nationalistische Männergemeinschaft hineingefunden. Ganz fein angezogen, wahrscheinlich schon ein Aufsteiger. Seine Mutter hat ja sechstausend Goldmark als Mitgift in ihre erste Ehe gebracht. Gestärktes Hemd,

Krawatte, der Hemdkragen mit Spange. Weste und Anzug. Die Ohren standen weit ab. Vor der Gruppe sitzt seine Halbschwester im weißen Kleid mit ihrem Bräutigam, einem Volksschullehrer. Sein Halbbruder steht ganz rechts ins Bild gequetscht. Hinter ihm das Haus mit dem Lattenzaun. Das war noch in Heinrichsdorf gewesen, und die Sehenswürdigkeiten von Heinrichsdorf waren Kneidings Gasthaus mit einem pfannengedeckten schrägen Dach und einem großen Vorbau am Eingang. Sonntagabend musste Alfons Mutter Emma ihren Mann hier herausholen. Dann gab es Pfarrhaus und Schule, einander gegenüberliegend, umrahmt von buschigen Linden mit großen Baumkronen. Und natürlich die Heldengräber, mit denen man an die Schlacht bei Tannenberg erinnerte. Das war Heinrichsdorf. Alfons muss in dieser Zeit sehr einsam gewesen sein. Er wechselte mehrmals seine möblierten Zimmer, geriet an die falschen Freunde und nahm an Wehrübungen der Schwarzen Reichswehr im Neidenburger Stadtwald teil.

Seine Mutter war sehr reich gewesen, eine wangenknochige Schönheit, die angeblich dreißig Freier abgewiesen hatte, die alle ihre sechstausend Goldmark Mitgift haben wollten. „Und bitte nur keinen Bauern, unbedingt einen Beamten, mit Hemd und gestärktem Kragen und die Fingernägel poliert, in reinlich, sauberer Stadtkluft. Mit dem Land habe ich nichts mehr zu schaffen." Bauern waren für sie nur Kropufki. Riechen auf mehr als zehn Meter nach Dünger, Schweiß und den Ställen, dem Saatgut der stockigen Silos, den leberzerreißenden Düften. Sie konnte die Garben bindenden Schlingel, die grinsenden Vespergesichter nicht mehr sehen. Die angeberische Versammlung der Merinoschafzüchter. Ihr erster Mann war Wassilewski, ein lange Gedienter, dem man nach dem 1870/71-Krieg eine Wegmeisterstelle bei der Straßenverwaltung im Kreis Soldau angeboten hatte. Er wirbelte sie bei einem Kriegerball im Gasthaus von Kneisel zu quietschender Geige, Harmonika, Leier und Brummbass in Tanz herum, während die bemützten Krieger, gestützt auf ihre Stöcke, die Sache gebührend beschauten. Doch Wassilewski lebte nicht lange. Und bald fand sie wieder einen Beamten. Einen Briefträger. Sie hatte zwei Kinder aus der ersten Ehe und zwei Kinder aus der zweiten. Der älteste dieser beiden, Alfons, wurde der Mann der Mutter des Erzählers.

Alfons schreibt Käthe nach Neidenburg, wo sie nach dem Arbeitsdienst eine Zeit lang bei ihrer Familie wohnte.

Rößel, den 21.8.1937

Also aus Gumbinnen bin ich heil angelangt. Pliwuchten schrieb mir am 18., also am letzten Kündigungstag, dass ich zur Vorstellung kommen möchte. Ich wäre ja lieber Sonntag gefahren, aber das ging nicht. Wie Du aus der Karte bereits ersehen hast, bin ich vor allen Dingen von der Stadt sehr angenehm enttäuscht. 25.000 Einwohner, aber außerordentlich rege und betriebsam. Es macht einen lebhafteren Eindruck als Insterburg. Also soweit alles schön und gut, bloß das Gehalt könnte besser sein. Er versprach ja mehr zu geben nach einigen Monaten. Ich denke, ich werde vorläufig auch da bleiben. Von der Wanderei habe ich vorläufig genug. Ich fühle mich eigentlich ganz wohl. Die Stellung entspricht mir doch mehr. Während meiner Tätigkeit bei Wormuth kam ich mir eigentlich ganz komisch vor. Gumbinnen wird Dir auch sehr gut gefallen. Du musst noch einmal herüberkommen Liebste und nach Rößel auch, es ist besser als wenn ich nach Königsberg komme. Was haben wir schon groß von der Großstadt. Dass ich in Gumbinnen aber ohne Dich hausen soll, will mir eigentlich gar nicht gefallen. Willst Du nicht eine Hauslehrerstelle bei Gumbinnen annehmen? Meine Liebste, das wäre doch fein. Na, wir überlegen uns

24

noch mal alles. Vielleicht gibt Hannover keinen
Bescheid. Dann bleibst Du eben hier. Dass ich aus
Rößel rauskomme, ist mir wie ein Zentnerstein
von der Leber gefallen. Ich habe daraufhin gegen
meine sonstige Gewohnheit in Gumbinnen ein
Moselchen getrunken. In Gedanken auf Dein Wohl.
Na, dass Du mir hier auch in Rößel fehlst, brauche ich Dir ja nicht besonders zu erzählen. Und in
Gumbinnen bin ich dann wieder alleine, und das
ist auch alles nicht das Richtige. Na, schreibe bald
einen recht lieben langen Brief und wenn Du nach
Rößel kommst. Das Reisegeld bekommst Du von
mir zurück. Sonst verfährst Du Dein ganzes Gehalt
und dann hast Du wieder nichts. Also, Liebste,
Beste, ich muss Dir bald wieder einen langen Kuss
geben.

4. DIE BEIDEN

Käthe war so gut in der Höheren Mädchenschule, die nur bis zum Einjährigen ging, dass ihre Lehrer sie 1932 fürs Abitur empfahlen. Aber sie hatte kein Latein gehabt, und so musste sie aufs Aufbaugymnasium in Hohenstein, fünfundzwanzig Kilometer nördlich von Neidenburg. Jeden Morgen um sechs Uhr mit dem Zug. Ihre Mutter machte ihr um halb sechs das Frühstück und brachte sie um sechs zum Bahnhof. Sie stieg ein, suchte sich eine Ecke, hängte ihren Kamelhaarmantel an den Haken, zog ihn über ihr Gesicht und schlief bis Hohenstein. Im Winter nahm sie ein Zimmer. Sie brachte aus Neidenburg einen Riesenvorsprung in Französisch mit und half ihren Mitschülern, wo sie konnte. Die Klassenarbeiten wurden auf der Toilette weitergereicht. Sie hätte in der Familie gern ein eigenes Zimmer gehabt. Sie schaffte es sich, indem sie sich auf dem Hof in eine Ecke aus Basaltsteinen setzte (der Hausbesitzer hatte ein Baugeschäft) und die Arme um die angezogenen Knie schlug. Ein anderes Bild zeigt sie beim Waschen. Die große, weiße Schüssel, über der sie ein Wäschestück ausdrückt, darunter ein Schemel. In Sandalen, mit Schürze und Kopftuch. Sie war sich für nichts zu schade.

Im letzten Jahr auf dem Gymnasium, 1935, lernte sie Alfons, den jungen Freund ihres Vaters, näher kennen. Sie hatte ihn schon mit vierzehn in ihrer engen, steilen Schrift zur Konfirmation eingeladen. Und er erinnerte sich gut an das aufblühende junge Mädchen mit der hohen Intelligenz. Ob es Zufall war oder Überlegung, jedenfalls passte er sie am Neidenburger Bahnhof, als sie gerade von Hohenstein zurückkam, ab und fragte, ob er sie nach Hause fahren dürfe. Er war ein Freund der Familie und also vertrauenswürdig. Sie überlegte deshalb nicht lange, stieg ein und ließ ihn dreihundert Meter vor ihrer Wohnung in der Deutschen Straße halten. Seitdem blieben sie zusammen. Ein dunkelhaariger Junge, dessen Bild sie im Portemonnaie trug, verschwand langsam aus ihrem Leben. Der war später dann in den ersten Tagen des Polenfeldzuges 1939 gefallen. Sie war jetzt mit Alfons zusammen, einem blonden, fast großen Sportsmann, der auf einem Bild im Neidenburger Stadtwald ziemlich draufgängerisch daherblickt, im weißen Oberhemd und Knickerbockern. Alfons hatte ein Auto. Wer hatte damals in Ostpreußen schon eins?

Das war das Jahr 1935. Seit Januar 1933 war Deutschland von einer Welle von Gewalt überrollt worden. Zwei Jahre dauerte dies jetzt schon. Am 30. Januar 1933 hatte Hindenburg Hitler zum Reichskanzler berufen. Am 1. Februar 1933 war der Reichstag aufgelöst worden. Nach dem Reichstagsbrand setzte die Verordnung des Reichspräsidenten zum Schutz von Volk und Staat wichtige Grundrechte außer Kraft. Die ersten Konzentrationslager wurden eingerichtet. Am 24. März kam das Ermächtigungsgesetz – nur gegen die Stimmen der SPD. Parteien verschwanden, die Kirche wurde gleichgeschaltet. Die Nürnberger Gesetze wurden 1935 vom Reichstag verkündet, und das entmilitarisierte Rheinland wurde 1936 vertragswidrig von der Wehrmacht besetzt und dies alles als Deutschlands Erwachen bezeichnet. Wer nicht dazugehörte, den packte das Klima der Angst. Aber die beiden Liebenden nahmen in Ostpreußen nicht viel davon wahr. Sie waren der Meinung, im weit abgelegenen Osten gehe es so weiter wie bisher. Sie machten Ausflüge an die umliegenden masurischen Seen, viel an den Bujakersee, wo sie so oft mit ihrer Familie gewesen war. Sie begannen jetzt, sich intensiver miteinander zu beschäftigen, und er, der nur das Einjährige hatte und sehr bildungshungrig war, bat sie oft, ihm doch zu berichten, was sie auf dem Gymnasium gelesen hatten. In den masurischen Wäldern, am weißen Strand des Bujakersees, erzählte sie ihm, dass sie am meisten die Bücher Dostojewskis beeindruckt hätten. Sie hatten in Deutsch ein paar Auszüge gelesen, und sie hatte sich „Die Brüder Karamasow" gekauft. Sie erzählte ihm, wie im Buch der Vater dieser Brüder, ein autoritärer wie ihr eigener, die Familie geschuriegelt habe und wie drei seiner Söhne gegen ihn vorgegangen waren. Alfons hatte das alles nie kennenlernen dürfen, das enge Nebeneinander von dunklen und hellen Kräften im Menschen, ein Handeln aus Verstand und Herz. Das Bekenntnis zu einem demütigen, freudigen Christentum, das das menschliche Wesen läutern kann. Der uneheliche Sohn Karamasows, der den Vatermord, den die zwei anderen Brüder in Gedanken begangen haben, schließlich begeht, erinnere sie an manches, was hier so vor sich gehe. Alfons hatte aufmerksam zugehört, ging aber über ihre Worte hinweg. Sie mussten im Philosophiekurs in der Oberstufe Hitlers „Mein Kampf" lesen, und Käthe fand nur ein einziges Wort dafür: „Verheerend!" – Sie fragte Alfons, ob er Nihilist sei, wie der da oben. Aber Alfons war schon diese Frage zu viel. Er wusste nicht, was er war. Er war Getreidekaufmann, und diese schöne, junge Frau mit dem vielen Wissen wollte er heiraten. Eigentlich passten sie gar nicht zueinander. Aber was heißt „nicht zueinander passen", wenn man sich so mochte und eine Perspektive für die Zukunft hatte. Da lief sie am Ufer des Bujakersees entlang, mit ihrem schönen Körper, der einmal mich, ihren Sohn gebären sollte. Eine Woche später erzählte sie ihm von ihrem neuen jungen Philosophielehrer, der statt der verordneten Lektüre nicht von dem Überphilosophen Nietzsche, sondern von einem Österreicher namens Wittgenstein erzählte, der im Ersten Weltkrieg sehr tapfer gewesen sei und sein Buch im Schützengraben geschrieben habe. An den solle man sich halten. Die Logik besage nichts über die Wissenschaft. Das dem Denken und dem Sein Gemeinsame könne nur geschaut und mittels Symbolen gezeigt werden. „Was sagst du dazu?" fuhr sie fort, „Das ist doch etwas anderes als das hohle Wort ‚Idealismus', das von oben immer wieder gepredigt wird." Alfons blieb der Mund offen. Sie war klüger, als er gedacht hatte. Mit dieser Frau würde er es noch weit bringen. Der Tod Gottes und die Wiederkehr des Gleichen interessierte sie beide nicht. Sie würden kirchlich heiraten und ihre Kinder zur Konfirmation schicken. Seine Freundin war ihm näher als jede Philosophie. Sie mochte die Edelpflaume Reineclaude, und er brachte zu ihren Picknicks oft eine große Tüte mit. Er fing an, sie, Käthe, Reineclaude oder „meine Königin" zu nennen. Sie nannte ihn, Alfons, daraufhin und weil sie in Englisch so gut war, Al. Sie spucken mit den Pflaumenkernen um die Wette. Sie war seine Königin, er ihr König. Da konnte man nicht erwarten, dass so etwas auseinanderging.

Alfons schreibt Käthe ins Rittergut Linken in der Nähe von Königsberg, wo sie ein paar Monate Hauslehrerin war, bevor sie ihr Studium in Koblenz begann.

Rößel, den 27.8.1937

Für Deinen Brief vielen Dank. Der alte Alfons aus dem Jahre 1932/33 ist leider nicht mehr; verdammt, manchmal wünschte ich, er wärs noch, natürlich mit gewissen Einschränkungen. Ich muss in Gumbinnen am 1.10. antreten. Könnte es natürlich auch schon früher, aber ich komme ja hier nicht eher fort. Du kannst mir glauben, dass ich lieber heute wie morgen hier fort möchte. Hatte ich schon früher wenig Beziehungen zur Stadt, so habe ich jetzt gar keine mehr. Rößel macht heute wieder mal den Eindruck einer toten Stadt. Wie ich diese Wochen hier noch aushalten soll, ist mir schleierhaft. Wenn Rößel anders wäre, hätte ich vielleicht in Gumbinnen nicht so schnell zugegriffen. Aber schließlich wird man ja sehen, und wenn sich nicht noch etwas Besseres findet, dann wandert man eben wieder. Aber ich glaube, zunächst bleibe ich doch in G. Liebste, dass ich nach Neidenburg auf Oktober komme, wird ja gar nicht gehen. Denn dann bin ich doch schon in Gumbinnen und die Entfernung Gumbinnen Neidenburg kennst du ja. (1 Tag allein Fahrt). Du kannst mir glauben, dass wenn meine Bewegungsfreiheit nicht durch die bevorstehende Umzieherei, Reiserei etc.

so beschränkt wäre, ich jeden Sonntag bei Dir in Königsberg wäre. Schuld darin ist einzig und allein der junge Gramberg. Also, Liebste, du musst bestimmt nach Rößel kommen; fährst du den ersten Sonntag nach Pellen, dann kommst Du eben den nächsten. Sieh, mein Liebling, wir haben doch mehr davon, als wenn wir uns in Königsberg in den Cafés herumdrücken, und nicht wissen, wo wir bleiben sollen. Während Deiner Nachhausefahrt machst du dann einen kleinen Umweg über Gumbinnen. Liebste, das ist die beste Lösung, auch wenn wir nicht verlobt oder verheiratet sind. Du kannst mir übrigens glauben, Schatz, dass wenn ich zehntausend Mark in der Lotterie gewinne, es auch keine Unordnung in der ganzen Angelegenheit mehr gibt.

Aber was soll ich so machen. Ich kann Dir nur immer wieder sagen, dass Du meine einzige Liebste und Beste bist.

Die Abzüge bei 300,00 Mark Bruttogehalt betragen ungefähr 50 bis 60 Mark im Monat. Ein Sündengeld, das man dem Staat für nichts und wieder nichts in den Rachen schmeißt. Heute war ich ganz kurz auf der Durchreise in Heiligenlinde baden. Nach langer Zeit aber ganz schön. Ich wollte mich nur nicht aufhalten.

Gestern und vorgestern war in Rößel große Einquartierung. Sehr viel Militär mit Manöververhalten etc., aber ohne mich. Als meinen Nachfolger habe ich Wormuth einen jungen Mann von Gramberg, Herrn Kopfeiner, vorgeschlagen, der dort auch mit aller Gewalt fort will, weil er sich mit dem jungen Gramberg nicht verträgt.

Also meine Liebste, schreibe recht bald und sei herzlich gegrüßt

5. STUDIUM

Aber ihr Abitur rückte näher, und damit auch der Abi-
ball. Er war nicht eingeladen, und sie ging mit ihrem
Noch-Freund, der drei Jahre später fallen sollte, hin. Alfons schenkte ihr eine goldene Alberte, in die er mit einer
Nadel eigenhändig A. K., Alfons Karbarek, hineingraviert
hatte. Sie holte sich aber doch ein Stück ihrer neuen Frei-
heit und blieb nach dem Abiball drei Tage in Hohenstein.
Zu ihrem Abitur ließ sie sich mit ihrer Familie vor ihrer
Schule, der berühmten Behring-Schule, fotografieren.
Wieder vom Bruder ihres Vaters, der nach der Betätigung
des Selbstauslösers ins Bild gesprungen war. Wieder mit
seiner Frau Margot, daneben der Vater, auf einen Stock gestützt, den er gar nicht nötig hatte. Rechts neben ihm seine
Abitur-Tochter, modisch fein im langen Mantel, dessen
Gürtel sie so eng wie möglich gezogen hatte. Eine weiße
Wollmütze schräg auf dem Kopf. Sie sieht fast ein wenig aus wie ihre Tochter, die sie neun Jahre später gebären
sollte. Neben ihr natürlich die Mutter, zu der sie das engste
Verhältnis hatte, und daneben ihre ältere Schwester, mit
der sie ihr ganzes Leben eng verbunden blieb.

Nach dem Abitur verbrachte sie ein halbes Jahr zu Hause, half ihrer Mutter im Haushalt und bei der Wäsche und
machte mit Alfons Ausflüge an die benachbarten Seen.
Aber sie wollte Lehrerin werden. Dazu musste sie vor Beginn der Ausbildung ein halbes Jahr in den Arbeitsdienst.
Es verschlug sie weit ins nördliche Ostpreußen in die Ge-
gend von Ragnit. Der Ort hieß Tussainen.

Am 12.3.1936 hatte sie Abitur gemacht, und im November 1936 trat sie in Tussainen an. Ihr Dienst dauerte bis Ende April 1937. Von den Marmeladenbroten aus dem Eimer nahm sie sieben Kilo zu, arbeitete immer mit Knobelbechern an den Füßen und schlief abends in einem großen Saal in der Arbeitsdienstbaracke. Sie musste bei Familien, deren Männer im Gefängnis oder im Zuchthaus saßen, im Haushalt helfen, manchmal mit einem Taschentuch vor der Nase. Alfons schrieb ihr schöne Briefe, von denen später noch die Rede sein wird.

Ein Foto zeigt sie mit ihren drei Freundinnen Christel, Rose und Luise auf einem mit geblümtem Samtstoff bezogenen Sofa. Käthe sitzt ganz rechts in der Ecke, in einem modernen Kleid mit Seidenkniestrümpfen und Schuhe der Marke Rotröckel. Ihr Blick immer ins Weite gerichtet. Dann die Aufnahmeprüfung für die Hochschule. Sie fand in Hannover statt. Drei Tage lang, und man musste in Sport ein Ass sein. Ein Musikinstrument, Flöte, hat sie noch schnell erlernt. Sie bestand mit Auszeichnung und fing im Sommersemester 1937 mit ihrem Studium in Koblenz an. Sie hatte zwischen Elbing und Koblenz wählen können. Sie wählte Koblenz, diese Hauptstadt der preußischen Rheinprovinz im Westen des Reichs, weil sie dort in der Nähe bei ihrer älteren Schwester, die mit einem Feldpolizisten verheiratet war, wohnen konnte. Die Fahrt von Ostpreußen nach Koblenz dauerte einen ganzen Tag. Während man durch den Danziger Korridor fuhr, wurden die Fenstervorhänge zugezogen. In Bendorf quartierte sie sich bei ihrer Schwester ein. Ihre Vereidigung fand durch den Reichskulturminister Rust auf dem Berghotel Rittersturz hoch über dem Rhein statt. Nach zwei Monaten schrieb sie ihrer Mutter lange Briefe. Kartoffeln nannte man hier Grumbeeren. Klopse Frikadellen oder Buletten, Schmorkohl Kappes. Ihr Studienbuch wies Deutsche Erziehung in der Geschichte, Psychologie des Volksschulkindes, Tier- und Pflanzendarstellung, Methodik des Deutschunterrichts, aber auch Vererbungslehre, Rassenhygiene, Schießen und Volkstanz vor. Dazu viel Sport: Hallenturnen, Geländelauf, Rudern. Ein Stadtschulpraktikum, von einem Dr. Scheib geleitet und ein Praktikum im Hunsrück in Argenthal. Kunsterziehung und Musik wurden auch großgeschrieben. Nadelarbeit und Flötenunterricht. Mit diesem Studium sollte man innerhalb von vier Semestern, zwei Jahren, an die Volksschule. – Das Passbild zeigt eine herbe junge Frau im karierten Kostüm von der Seite, damit das Ohr frei lag. Im Wintersemester 1938/39 wurde sie fertig. Der Rektor sagte zu ihr: „Sie hätten das Examen auch ohne Prüfung bekommen." Auf der Rückfahrt nach Ostpreußen brauchten die Vorhänge im Zugabteil nicht mehr geschlossen zu werden. Es gab keinen polnischen Korridor mehr.

Sie war, genau wie Alfons, in Ostpreußen weit herumgekommen. Zum Arbeitsdienst nach Tussainen bei Königsberg, als Hauslehrerin zum Rittergut Linken bei Ragnit, alles hoher Norden, und jetzt sogar tausend Kilometer westlich in die preußischen Rheinprovinzen. Alfons war in Neidenburg gewesen, in Hohenstein, Passenheim, in Rößel, mitten in Ostpreußen, und dann am östlichen Rand in Gumbinnen fast an der litauischen Grenze.

Rößel, den 25.9.1937 von der Getreidehandlung Gebr. Wormuth nach Rittergut Linken

Für Deinen Brief vielen Dank. Diese Woche verging eigentlich ziemlich langsam, trotzdem ich viel unterwegs war und das Geschäft auch leidlich ging. Frau Wormuth hat sich leider von einer ziemlich schlechten Seite gezeigt bzw. habe ich die entdeckt. So etwas von Herrschsucht habe ich noch nicht gesehen. Na, in vierzehn Tagen kann sie mich. Ich wollte, es wäre der 30. abends. Dass Du bei der Untersuchung so gut abgeschnitten hast, freut mich natürlich außerordentlich und ich gratuliere Dir auch und mir auch gleich. Dass Du weg musst, will mir natürlich auch nicht recht in den Kopp, vielleicht bleibst Du auch lieber hier, was? Sehn' müssen wir uns auf jeden Fall. Neidenburg wird als Treffpunkt aber nicht in Frage kommen. Also Gumbinnen, meine Liebste, Beste, das muss gehen, sobald ich in Gumbinnen bin, schreibe ich Dir. Irgendein Weg wird sich doch bei unserer Intelligenz schon finden. Morgen ist hier in Rößel Rennen, na, viel wird's ja nicht sein, aber man wird doch den Sonntagnachmittag einigermaßen totschlagen. Vormittags werde ich langsam anfangen zu packen. Eigentlich ist es ja ein Jammer um die viele Zeit, mit der man alleine so nichts Rechtes anzufangen weiß. Sie vergeht so nutzlos und langweilend und das Leben ist doch so kurz. Ich war doch sonst den Sommer hier immer auf mich allein angewiesen. Na, hoffentlich wird's mal besser.

Wann kommt der Kohn und der Fuchs nach Neidenburg? Also, Liebste, schreibe mir wieder bald
einen lieben, lieben langen Brief. Den nächsten
von mir erhältst Du dann schon aus Gumbinnen
und hoffentlich kann ich Dir viel Angenehmes mit-
teilen.

Nun, mein Schatz, sei herzlich gegrüßt und einen
Kuss.

6. FEINDE?

Alfons war also in Gumbinnen zurückgeblieben. Aber er erinnerte sich, wie er in Neidenburg an Kaiser's Kaffeegeschäft vorbei zum Dienst gegangen war, an Henning vorbei, wo der Frauenverein tagte. Hier hatte 1914, als er im Ersten Weltkrieg vierspännig auf die Flucht vor den Russen gegangen war, ein brennender Laster gestanden, der bombardiert worden war. Russische Gefangene in langen Mänteln hatten nach der Wiedereroberung 1914 den Schutt wegräumen müssen. Ein Bauchladenträger hatte ihm ein Flugblatt in die Hand gedrückt: „Sind Sie blond, dann sind Sie Kulturwelterhalter. Doch es drohen Ihnen Gefahren. Lesen Sie die Bücher der Blonden und Mannestumsrechtler. Für den Asing, gegen den Schrätling." Er hatte diese ganze Bewegung, wo man sich für fünf Reichsmark einen Ariernachweis kaufen konnte, für dumm und abgeschmackt gehalten. Doch er war sehr einsam, und für einige Zeit geriet er an falsche, deutschnationale Freunde, nahm nach dem Krieg auch an den Übungen der Schwarzen Reichswehr im Neidenburger Stadtwald teil. Aber mit der Beziehung zu Käthe, die er nach dem Ausflug nach Bujaken nur noch Reineclaude nannte, war damit Schluss.

Dann, das Studium war zu Ende, sollte Käthe arbeiten. Die Männer waren alle in dem neuen 1939 von Hitler entfesselten Weltkrieg. Sie musste zwei Volksschulen auf einmal betreuen, Kaltenborn, wo sie oft gepicknickt hatten, und Omulefofen dicht daneben. Sie setzte sich bei den Jungen, die sie mit Schreckschusspistolen bedrohten, durch. Ein Bild zeigt sie völlig durchtrainiert auf einem hölzernen Barren, daneben ein Reck. Sie sitzt auf dem Barren, auf ihrem „Turnplatz", wie sie auf der Rückseite des Fotos verzeichnet hat. Das rechte Bein neckisch über den rechten Holm gelegt. Mit hochhackigen Schuhen und einem Kleid, als ginge es zu einer Modenschau. Die Dörfler werden nicht schlecht gestaunt haben. Aber sie war hart und zäh. Im Winter, wenn Schnee lag, fuhr sie mit dem Fahrrad in den Spuren des Postautos die achtzehn Kilometer. Alfons holte sie oft mit dem Auto ab und hob das Fahrrad auf seinen Dachgepäckträger. Sie machten zusammen Urlaub an der Ostsee. Ein Foto zeigt sie in Zoppot bei Danzig. Sie sitzt in einer kurparkähnlichen Anlage auf einer von vielen weißen Bänken, in Herrenhosen und ihre Schwimmsachen neben sich. Man empfindet heute noch die vornehme, großbürgerliche Atmosphäre dieses Seebades. – In Gotenhafen, dem früheren polnischen Gdingen, sitzt sie auf dem weißen Geländer, die See im Rücken in dunklem Kostüm mit einer Bluse mit weißem Schillerkragen darunter. Hinter ihr sieht man den Bug eines Schlachtschiffes, das dort vor Anker liegt. Den Namen des Schiffes kann man nicht erkennen.

Aber das alles dauerte nicht lange, denn Alfons wurde eingezogen. Vorher wurde schnell geheiratet. Am 31.1.41 waren es in Neidenburg vierundzwanzig Grad unter null. Die Orgel war gefroren und sie wurden in der Sakristei getraut. – Doch kurz nach der Trauung wurde der Einberufungsbefehl zurückgenommen. 1943 wurden Zwillingen geboren, ein Mädchen und ein Junge. Alfons war im Reichsnährstand und damit kriegswichtig. Er hatte eine Genossenschaft in Nasielsk in Nordpolen zu leiten. Die NS-Besatzung hatte ein Stück von Nordpolen abgetrennt und das Gebiet der preußischen Provinz Ostpreußen abgegliedert und damit zum Reichsgebiet gemacht und Südostpreußen genannt. Der polnische Geschäftsführer der Genossenschaft war eines Tages weg. Alfons fragte nicht, wohin. Von Nasielsk aus machten sie Kriegstourismusausflüge in das besetze Warschau. Sie waren beide vorher noch nie im Ausland gewesen und Käthe bekam vor Staunen den Mund nicht zu. Bald musste Alfons nach Sierpc, das von den Besatzern Sichelberg genannt wurde, umziehen und noch die dortige Genossenschaft sowie die Genossenschaft Lomza und Bialystok leiten. Sie fuhren also als Kriegstouristen nach Warschau, zum ersten Mal in einem fremden Land.

Sie fuhren mit Käthes Fiat Topolino (sie hatte jetzt ein eigenes Auto) durch die Uliza Marszalkowska ins Hotel Europeisky. Wo früher die Nobelpreisträger genächtigt hatten. Ganz in Gold und lila, an der Decke kristallene Lüster, die Decke von Spiegelsäulen gestützt und von Waldkandelabern erleuchtet. Käthe fühlte sich an die Franzosen erinnert, sie war ja Reineclaude, eine französische Königin. Der Kaffee wurde aus Gläsern getrunken, und ab und zu warfen die polnischen Gäste Blicke auf die fremden Besatzer. Die geltende Währung waren Honig, Zucker und Butter, in Eisbeuteln mitgebracht.

Es gab Fisch in Aspik und gebratene Krähen. Zum Essen reichte man Wodka in großen Karaffen. – Die polnischen Frauen waren übermodisch gekleidet, mit Litzen, Taillen und verbreiterten Schultern, ganz wie die Mode in Europa es vorschrieb. In Warschau waren fast nur die Vorstädte zerstört, die Innenstadt fast noch heil. Man hatte die Innenstadt sorgfältig ausgespart. Einmal zeigte ihr Alfons das Getto und gab zu verstehen, dass man nicht wüsste, wem das alles noch bevorstünde. Vielleicht auch ihnen. Alfons war trotz seines sportlichen Aussehens jemand, der den Kopf einzog, wenn es politisch wurde. Alfons versorgte die drei Genossenschaften, wurde aber doch noch einberufen und an die Ostfront versetzt. Er geriet im Zuge der sowjetischen Großoffensive am 6.3.45, seinem vierzigsten Geburtstag, in sowjetische Gefangenschaft. Er hatte zwei kleine Kinder und eine Frau zurückgelassen, die jetzt für deren geistiges und körperliches Wohl allein verantwortlich war.

Gumbinnen, den 20.10.1937 nach Rittergut Linken

Meine Liebste, Beste, Du weißt doch, wie gerne ich bei Dir sein möchte, und dass ich Dich am liebsten ganz hier haben möchte. Es passt mir ja nicht besonders an diesem Sonntag, weil am Dienstag unsere Generalversammlung ist, und abgesehen von den umfangreichen Vorarbeiten an sich schon ziemlich viel zu tun ist. Für den Sonntagvormittag musste ich doch immerhin Urlaub haben. Aber ich werde schon sehen, dass alles klappt und ich am Sonntagabend bei Dir sein kann. Ich komme dann mit dem Zug um 20.12 Uhr in Neidenburg an. Losfahren muss ich aber schon um 1.59 Uhr mittags. Zurückfahren werde ich mit dem ersten Zuge am Montag früh. Also meine Liebste, hoffentlich klappt alles. Mit dem Oberbett war es natürlich nicht so zu verstehen, dass ich eins über das andere anziehen will. Denn das hier ist tatsächlich so dünn, wie ich auch im Hochsommer noch nie eins gesehen habe, noch dünner als der Kaffee hier. Für Deinen netten langen Brief vielen Dank. Aber alles andere können wir dann am Sonnabend bzw. Sonntag ein größeres Geschwätz machen. Herzliche Grüße und einen langen Kuss.

Alfons schreibt Käthe nach Bendorf am Rhein, wo sie, zehn Kilometer von Koblenz entfernt, bei ihrer älteren Schwester wohnte. Sie hatte im Wintersemester 1937/38 ihr Studium für Lehrerinnenbildung in Koblenz aufgenommen.

Neidenburg, den 25.12.1937

Meine Liebste, Beste, für Deinen letzten Brief vielen Dank. Aber ich habe auch schon mit Schmerzen darauf gewartet. Ich empfing ihn erst am Donnerstag. Also Liebste, Du täuschst Dich. Du weißt, ich habe Dich sehr sehr lieb. Das weißt Du doch ganz genau, und sehr treu bin und bleibe ich Dir auch, mehr kann ich doch nicht. Ist also mein letzter Brief in einem etwas leichteren Ton gehalten, so ist das absolut kein Grund, gleich eigentümliche Gefühle aufkommen zu lassen. Mein Päckchen mit der Bernsteinbrosche hast Du hoffentlich am Heiligen Abend erhalten. Hoffentlich gefällt sie Dir. Mir gefiel die Brosche eigentlich sehr.
Gestern um 8.00 Uhr abends kam ich hier in Neidenburg an. Es war mir doch sehr sonderbar, als Du nicht auf der Bahn warst, sondern nur Elisabeth und Undine. Besonders heute aber, am ersten Feiertag vormittags, ist es ganz komisch. Trotzdem es hier eigentlich sehr lebhaft zugeht, und feste geschossen wird. Besonders Unna beteiligt sich sehr aktiv daran. Ich habe leider etwas Schnupfen und bin nicht ganz auf der Höhe. Auch die Hacke habe ich mir etwas abgedrückt. Also mir ist sozu-

sagen etwas. Viel schreiben kann ich heute nicht, weil immer alles um mich herum redet. Mit Elisabeth habe ich schon zwei Bärenfang getrunken. Du sollst davon zu Deinem Geburtstag auch ein Fläschchen bekommen. Deine Zigarettenspitze habe ich schon richtig angeraucht. Sie gefällt mir sehr.

7. FLUCHT

Käthe lebte noch drei Monate ohne Alfons mit den zwei Kindern, dann musste sie auch aus Sichelberg flüchten, obwohl der Gauleiter Koch Flüchtlinge mit der Todesstrafe bedrohte. Eine ihrer Schwestern, Elisabeth, leitete als Wehrmachtshelferin in Nasielsk Funksprüche weiter, und als sie erfuhr, dass die Russen an der Weichsel durchgebrochen waren, rief sie ihre Schwester an. Die setzte sich mit ihren beiden Kindern in den Fiat Topolino, fand erst den Autoschlüssel nicht, er war in der Reithose ihres Mannes. Den Kraftstoff füllte sie in zwei Kanister, dann Säuglingswäsche und zwei hölzerne Koffer auf den Rücksitz. Auch sechstausend Reichsmark, Papiere, eine gebratene Pute, von der sich die beiden Kinder während der Flucht ernährten, wurde in einer Patchworktasche verstaut. Sie fragte ihr polnisches Dienstmädchen, ob es mitkommen wolle. Aber das Mädchen, obwohl es mehr Angst vor den Russen als vor den Deutschen hatte, wollte nicht.

Bald verstopften Trecks die Straßen, und fliehende Pulks von Soldaten riefen: „Weit werden Sie nicht kommen!" In Kulm, östlich der Weichsel, ließ sie den Wagen stehen, da sie nicht weiterkam. Dort standen zwei Arbeitsdienstzüge. Ein Arbeitsdienstführer, der Käthe von früher kannte, half ihr durch die Tür mit ihren beiden Kindern in den Güterwagen. Die Mutter kniete mit ihren beiden Kindern auf Stroh. Alle Dreiviertelstunde musste sie den Menschen zeigen, dass ihre Kinder noch lebten. Drei tote

Kinder warf man während der Fahrt aus dem Wagen. Diese Fahrt dauerte zwei Tage. Eineinhalb Tage verblieb man in Frankfurt an der Oder im Bahnhof. Die Kinder bekamen Krätze und schwere Erkältungen. Eine Rotkreuzschwester schenkte Käthe zwei Aspirintabletten. Fünf Tage dauerte dann die nächste Fahrt bis Chemnitz. Öfter gab es überraschend Fliegeralarm auf der Strecke und Käthe musste mit ihren zwei Kindern neben die Bahnstrecke ins Gebüsch. Jeder dachte nur an sich. Die Volksgemeinschaft hatte sich als Illusion erwiesen. Schließlich kamen sie, nach schweren Bombenangriffen in Chemnitz, in Waldheim in Sachsen an. Dort fanden sie sehr schnell eine Vierzimmerwohnung mit Küche, und wenn der Krieg nicht gewesen wäre, hätte man das Ganze eine Flüchtlingsidylle nennen können.

Alfons war mit seiner Truppe in der Festung Graudenz an der Weichsel gestrandet, diese war von den Russen eingeschlossen. Es blieb den Männern nur die Flucht über den Fluss, wenn sie sich den Russen nicht ergeben wollten. Einige plädierten fürs Dableiben, weil das die Behandlung der Gefangenen verbessern würde. Alfons plädierte für den Ausbruch. „Du wirst in Sibirien landen", schrien darauf einige. „Besser ertrinken, als in die Hände des Gegners fallen", sagte Alfons. Und: „Gefangen bleibt doch gefangen." Er nahm Brotsack und Käppchen, schlich durch die Postenkette und ging, mit den Stiefeln an den Füßen, in die Fluten der Weichsel. Bedächtig teilte er, mit der Montur am Körper, im Brustschwimmstil, die Fluten. Seine Arme wurden schwer, aber er erreichte das andere Ufer. Dort erwarteten ihn sowjetische Soldaten, nahmen ihm als erstes die Stiefel weg und gaben ihm dafür zwei Holzschuhe, Klotzkorken genannt. Er wurde verhört, musste nordwärts nach Deutsch-Eylau marschieren und wurde dann in ein Lager in Polozk in Weißrussland verbracht.

Gumbinnen, den 13.1.1938 nach Bendorf/Rhein

Meine Liebste, Allerbeste, für Deinen Brief, den
ich Dienstag erhielt, vielen Dank. Du wirst ja an
diesem Tage auch meinen erhalten haben, und
wirst jetzt auch nicht mehr böse sein, Liebstes.
Aber Weihnachten war für mich in pekuniärer
Beziehung auch noch eine Enttäuschung. Es gab
nämlich nur allgemein 30 % Weihnachtsgratifika-
tion, für Betriebsmitglieder, die länger als 1 Jahr
da sind. Na, und bei mir wurden es dann ganze
40,00 Mark. Immerhin noch viel, mit Rücksicht
auf meine kurze Tätigkeit. Dass es hier nur so
wenig gab, ist darauf zurückzuführen, dass es
hier Abschlussgratifikation gibt, also am Schluss
des Geschäftsjahres im Juli. Da bekamen die hier
das letzte Mal ziemlich ein ganzes Gehalt. Na,
die Hoffnung haben wir also noch vor uns. Meine Weihnachtsgeschenke in N. waren somit auch
nicht glänzend, aber immerhin hat sich mit einem
Teil, nämlich Eugens Gewehr, die ganze Familie
unterhalten, nämlich Wettschießen, Vater an der
Spitze. Ich hatte Dir wohl bereits mitgeteilt, dass
wir am ersten Feiertag mit Elisabeth und Undine
im Stadtwald waren, abends wollten wir ins Kino
gehen, war aber ausverkauft. Ich kaufte daher für
die drei Kinokarten eine Flasche Rum und wir
gingen nach Hause und ziemlich früh schlafen. Am
II. Feiertag vorm. Spazieren, nur abends Schloss.
Dass Dein Mitschüler Vogée da war (in Uniform),

vergaß ich Dir in meinem letzten Brief zu schreiben, war mit seinem Bruder zusammen und saß ziemlich stumpfsinnig, hätte ruhig mal lieber mit einer der dort anwesenden Frauen tanzen können. Am dritten Feiertag vorm. bzw. kurz nachm. gingen wir mit Elisabeth noch einmal um die (Burg) Jugendherberge, waren auch noch bei Kelbsch dran und dann noch einen Kaffee bei Setzer. Sakowski war auch da, es schien ihm der Geldbeutel klamm zu sein, seine „gute" Stellung bei der FA Kraft hat er aufgegeben und ist seit dem 1. Juni in einem Holzgeschäft in Potsdam tätig. 300,00 Mark brutto. Auf der Rückfahrt von Neidenburg bis Gumbinnen habe ich ein ganzes Buch ausgelesen (6 Stunden). Schloss Vogelöd. In der Bahn traf ich den Roland Krause, lernt in Allenstein in einem Kolonialwarengeschäft Bzyborra. Dritte Lehrstelle. Hat noch „kleinere" Hände als ich. Fräulein Engelke Hohennot hat sich verlobt, glaube gegen einen Pfarrer. Von Kluge ist, glaube ich, noch nichts Neues zu hören. Vorige Woche bin ich einige Male Schlittschuh gelaufen. Diese Woche noch nicht, weil fast jeden Tag Versamml. sind. Heute war auch eine, kam aber schon um 7.00 Uhr zurück. Liebste, ich kann Dir nur sagen, für mich beginnt erst wieder das Leben, wenn Du bei mir bist. Meine Liebste, Liebste, ich freue mich sehr sehr. Wann fährst Du dort los? Dass ich Dich im neuen Jahr noch lieber habe als im alten, schrieb ich Dir ja schon. Nun einen herzl. Gruß und einen langen Kuss.

8. NACHKRIEG

Es drangen Meldungen zu Käthe, Alfons sei von einer Granate zerfetzt worden, polnische Partisanen hätten ihn in einem Gänsekäfig verhungern lassen, ein russischer Soldat habe kurzen Prozess mit dem Gefangenen gemacht, ein Blitz habe ihn getroffen, als er unter einem Baum Zuflucht vor dem Regen suchte. Aber ein untrügliches Gefühl sagte Käthe, dass Alfons noch lebte. Er war zu vorsichtig und war allen Menschen zu sympathisch. Sie versuchte in Waldheim in den Schuldienst zu kommen, aber die Ämter wurden an verdiente Genossen vergeben. Ihr Vater, der mit seiner Frau und zwei Töchtern jetzt auch in der großen Wohnung lebte, bekam neunzig Reichsmark Einheitsrente und bereicherte mit der Zucht von Kaninchen und Gemüse den Speiseplan der Kinder. Im Frühjahr 1946 fand sich in der Post eine gelbliche Karte mit Rotkreuz und Rotmond, in der Alfons mit lila Tinte in feinen lateinischen Zügen verkündete, dass er noch lebte, er setzte seine Worte fast altväterisch, sein Zensor sollte lesen können, was er schrieb. Statt Deutschland schrieb er Deutchland. – Die Kinder konnten sich an ihren Vater kaum mehr erinnern und fragten, was das sei, ein Vater? Sie hatten sich eng aneinander angeschlossen, wuschen sich die Haare mit Sägemehl und kaltem Wasser und bauten Häuschen aus Briketts.

Käthe schrieb dem Gefangenen aufmunternde Briefe, lockte ihn mit Weinbrand, Eingemachtem und Klopsen.

Dazu Moselwein, den er, der Ostpreuße, so gerne getrunken hatte, und Pralinen. Sie schrieb, dass sie jetzt fünfzig Kilo wiege und dass das doch angesichts ihres Alters von knapp über dreißig nicht zu viel sei.

Die Kinder gingen in ein nahes Kasperletheater, sahen Herzog Ernst und Robert der Teufel. Einmal kamen nachts Russen in die Wohnung, die nach Waffen suchten. Als sie die schlafenden Kinder sahen, weckten sie sie, machten Späße mit ihnen und gaben ihnen Schokolade. Der Großvater nahm die Zwillinge zu den Platzkonzerten der Russen vor dem Rathaus mit, und sie durften mit einem kleinen Stöckchen dirigieren. Sie wurden später beide Jazz-Liebhaber. Abends beschlossen sie ihre Gebete mit: „Gute Nacht, Papi!"

Im Frühjahr 1948 ging Käthe mit ihren Kindern und einer Schwester schwarz über die Grenze ins Rheinland. Beim Grenzübertritt wurden sie von den Russen zwei Tage lang festgehalten und mussten Fenster putzen. Die Russen bestanden darauf, dass sie hinterher immer mit Zeitungspapier polierten. Der südliche Teil des Rheinlandes mit Koblenz war nach dem Krieg von Franzosen besetzt, und Käthe bekam die Zuzugsgenehmigung dorthin nur, weil das Einwohnermeldeamt nachweisen konnte, dass sie vor dem Krieg, 1937-39, in der nunmehrigen französischen Zone gewohnt hatte. Die Strukturen des Mittelrheingebietes wurden durch die Eiszeit geformt. Vor zehntausend Jahren war der Vulkanismus ausgeklungen, und heute noch findet man Spuren der letzten gewaltigen Eruption. Koblenz war eine alte Römerstadt und wuchs zu einem Zentrum der römischen Verkehrswege. Es gab damals schon Brücken über Rhein und Mosel und Tempel, in denen Jupiter, Mars, Merkur und Venus verehrt wurden. Die Reste des Limes sind heute noch da. Seitdem war die Stadt über zwei Jahrtausende ein verkehrspolitisches Zentrum. Im Zweiten Weltkrieg wurde sie durch Bombardements fast völlig zerstört. Ein Luftbild aus dem Frühjahr 1945 zeigt in der Innenstadt nur Ruinen. – In dieser Stadt gingen die Zwillinge 1953 aufs Gymnasium, nachdem sie die Bendorfer Grundschule mit ihren Hänseleien wegen ihrer distanzierten Art überstanden und die Aufnahmeprüfung absolviert hatten. Für ihre Mutter war das hier etwas anderes als Ostpreußen.

Bendorf war eine kleine Stadt auf der rechten Rheinseite, circa zwölf Kilometer von Koblenz entfernt. Wenn die Kinder im Alter von zwölf, dreizehn Jahren dorthin wollten, setzten sie mit der Fähre nach Sankt Sebastian über und fuhren die restlichen zehn Kilometer mit dem Fahrrad. Bendorf war klein, keine zehntausend Einwohner. Die Mutter, Käthe, erinnerte sich, wem sie in der Zeit zwischen 1937 und 39 alles Nachhilfe gegeben hatte, und knüpfte an diese alten Bekanntschaften an. Sie war eine Frau, die schnell Beziehungen anzubahnen verstand, was schon Alfons genützt hatte. Sie hatte schon in Waldheim, in der russischen Besatzungszone, in den Schuldienst gewollt. Aber die Kommandantur dort nahm keine Lehrer, die im Dritten Reich ausgebildet worden waren. Überdies hatte sie nicht ein einziges Dokument, das ihr Abitur und ihr Studium hätte beweisen können. Hier, im Rheinland in Koblenz, fanden sich in der Pädagogischen Hochschule ihre Unterlagen und Papiere, auch ihr Examensnachweis und ihr Abiturzeugnis, auf dem eine besondere Begabung für fremde Sprachen vermerkt war. Als sie der Schulrat vier Wochen nach ihrer Einstellung anhospitierte, sagte er, er könne nicht glauben, dass sie sieben Jahre mit dem Lehrerberuf ausgesetzt habe.

Gumbinnen, den 22.4.1938 nach Bendorf

Mein Liebes, Liebes, für Deine Karte aus Berlin, sowie Deinen Brief, den ich heute nachmittags empfing, vielen Dank. Es freut mich, dass Du gut angelangt bist, ganz besonders aber, dass Du gesundheitlich auf Deck und somit alles in Ordnung ist. Hoffentlich bleibts auch so. Schreibe mir alles ja. Es ist ja schade, dass Du gerade während meines Besuches in Neidenburg dieses Pech haben musstest, wir hätten sonst beide voneinander ja noch viel mehr gehabt. Na, schön war es ja auch so, besonders der Karfreitag und der Abend nach unserem Tanz im Schloss. Mir geht's sonst leidlich, bisschen schlechter Appetit. Vorgestern habe ich mir eine neue Pension gemietet. Noch näher an der An- und Verkaufs gerade gegenüber. Sehr schöne Zimmer, bedeutend besser noch als mein altes („sep. Eingang"), mit voller Pension, kostet allerdings 80,00 Mark, aber billiger ist hier nichts zu haben. Vor allen Dingen so günstig beim Geschäft gelegen. Dieses Essen im Krug hing mir schon zum Halse heraus. Liebes, über Euer fabelhaftes Wetter und Baumblüte etc. kann ich mich nicht auswundern. Hier ist's scheußlich kalt. Ohne Wintermantel gar nichts zu machen. Zu tun ist immer noch ziemlich stark, trotzdem das laufende Geschäft nachgelassen hat. Einerseits ja ganz gut, man wird wenigstens abgelenkt und braucht nicht zu similieren, was ja an sich schon sowieso Unfug ist. Ausgehen kommt nicht in Frage. Dass ich Dich lieb behalte, weißt Du ja, ich habe Dich jeden Tag lieber. Wenn ich bloß eher alle meine Schulden bezahlt hätte. Es belastet mich fürchterlich, trotzdem eine ganze Menge weniger geworden ist. Früher habe ich das eigentlich nie so gemerkt. Aber die alten Sünden, das kommt jetzt alles nach. Na, auch das wird ja mal ein Ende nehmen. Hoffentlich kann man dann wieder richtig froh werden. Sobald ich etwas über die Ferienfrage weiß, hörst Du von mir. Also mein Liebes, lieber Liebling, lass es Dir weiterhin sehr gut gehen, und denk viel an mich. Hoffentlich hast Du den Brief am Sonntag. Wann schreibst Du

NS: Ich ziehe am 30. um, Bahnhofstraße 6 bei Frau Dams.

9. IM WINKEL

Das Haus, in dem sie wohnten, wie ein kleines Schlösschen, lag in der Bahnhofstraße, die sich zum Rhein hinunter stark absenkte. Eine ruhige Straße, von Platanen gesäumt. Zur Haustür führte eine kleine Treppe hoch, sechs Stufen. Hinter dem Haus, auch schon weit unten, lag der Garten, der hinten an das Pfarrhaus grenzte und vom Bruder der Mutter gepflegt wurde. Nach der Wohnungstür kam eine Art Windfang, von dem rechts die Treppe ins Obergeschoss führte. Zur Wohnung im Erdgeschoss nochmal eine verglaste Tür. Gegenüber dieser Tür lag die Küche, mit einem Kohle- und einem Gasherd und einem Sofa zwischen Küchenfenster und Küchentisch. Unter dem Küchentisch befand sich eine Ausziehlade, in der, versenkt, die Spülschüsseln waren. An diesem Tisch machten die Kinder meistens ihre Aufgaben. Links von der Küche die Tür zum Wohnzimmer, in dem die grün-grauen Schwertlilien vor dem Fenster zur Straße standen. Schöne dunkle, alte Möbel, ein großer Esstisch und ein schweres Büffet. Vom Wohnzimmer, in dem sonntags auch gegessen wurde, führte eine mit Schnitzereien verzierte Eichentür ins Schlafzimmer, das niemals geheizt wurde. Die Kinder hatten sich an die Kälte gewöhnt. Später zog Tante Amalia aus der Mansarde in ein möbliertes Zimmer, damit die Kinder, als sie größer wurden, oben wohnen konnten. Es war eine glückliche Kindheit, stark von ostpreußischer Tradition geprägt. – Der Wintergarten ist nicht zu vergessen, in der Wohnung rechts gelegen, zum Garten hin. Unter dem Gartenfenster waren eingebaute, niedrige Bücherregale, in dem die Bücher des Europäischen Buchclubs aufgereiht waren, bei dem die Mutter und ihre Schwester Mitglied geworden waren. Bald hatte die Mutter herausgefunden, dass diese Bücher Schund waren und an deren Stelle die etwas teureren Klassiker bestellt. Hier fand ihr Sohn, der Erzähler, ich, zum ersten Mal den Zauberberg und Thomas Manns Dr. Faustus.

Gern ging die Mutter mit ihren kleinen Kindern auf den Bendorfer Friedhof, der an einem schönen Hang zum Rhein hin lag. Es gab dort immer Blumen und viele blühende Bäume. Die beiden Kinder tragen Kniestrümpfe und hohe Kinderschuhe. Der Junge, ich, ein kariertes Hemd mit aufgekrempelten Ärmeln. Die Tochter, seine Schwester, in geblümtem T-Shirt, hält einen Stoffhasen in der Hand. Die Mutter, die beide Arme um die Kinder gelegt hat, sieht etwas ausgezehrt aus. Aber immer noch eine schöne Frau mit etwas strengen Gesichtszügen und einem dunklen in der Mitte geknöpften Oberteil. Ihre Füße, die sie angezogen hat, stecken in flachen Straßenschuhen mit Schnalle. Der Rock hat durchbrochene Längsstreifen. Es muss Frühjahr gewesen sein, denn die Bäume im Hintergrund tragen noch kein Laub.

Der Junge hatte ein Dreirad, und oft gingen sie mit der Mutter die kurze Strecke hinunter zum Rhein. Da saß die Mutter wieder unten auf der Mole, mit angezogenen Knien und darübergelegten Händen, wie damals in Neidenburg. Sie hatte wenig Raum für sich. Die Mutter erzählte viel vom Vater. „Keiner verstand so viel von Kartoffeln und Getreide", sagte sie, „deshalb wurde er auch im Reich unentbehrlich, und nur deshalb verschonte man ihn vor dem Wehrdienst." Er konnte im Reichsnährstand mehr für das

Regime leisten. Die Mutter war eine ungewöhnliche Frau, die auch eine hervorragende Wissenschaftlerin hätte werden können. Sie durfte als einziges von fünf Mädchen Abitur machen und studieren, und manche ihrer Schwestern verzieh ihr das bis heute nicht. Alfons hatte sie oft gefragt, warum Gott Kriege zulasse. Sie antwortete, man hätte versucht mit dem Verstand zu verstehen, auf was man sich mit Gott eingelassen habe. Eigentlich Lästerung, denn über Gott darf man mit dem Verstand nicht nachdenken. Aber kann man dem Verstand überhaupt etwas verbieten? Die NS-Führer hatten sich anheischig gemacht, das Welträtsel zu lösen. Aber nur eine kleine esoterische Führungsclique durfte sich mit diesem Scheinwissen brüsten. Die Mutter hatte jetzt lange allein gelebt und fragte sich oft: Wie kommt die Idee der Gerechtigkeit in die Köpfe der Menschen? Wir sehen doch, was die Menschen mit der Gerechtigkeit angestellt haben.

Gumbinnen, den 4.5.1938 an Stud.Päd. Bendorf/Rhein

Mein Liebes, für Deinen Brief vielen Dank. Ich
habe mich diesmal doch doll gefreut, als ich ihn
erhielt. Kannst Du Dir ja denken. Also umge-
zogen bin ich am Abend, und fühle mich hier
soweit auch ganz wohl. Besonders das Essen ist
natürlich wesentlich bekömmlicher als dieser
ewige Gasthausfraß. Leider ist meine Befürch-
tung eingetroffen: die ganze Pension 80,00 Mark
musste im Voraus bezahlt werden. Ich konnte ers-
tens schlecht nein sagen, denn schließlich ist das
ja kein verlorenes Geld. Nun fehlen mir für die
nächste Zeit die 80,00 Mark. Sonst ist es soweit
ganz ordentlich verlaufen. Vormittags hielten wir
uns am Umzug. Nachmittags traf ich dann einen
bekannten Landwirt, der sich einen neuen Wagen
gekauft hatte und ließ mich von ihm fahren. Der
Umzug mit Festwagen etc., der am Nachmittag
stattfand, war ganz hübsch. Wir fuhren dann noch
zum Sportplatz, wo auch Hochbetrieb war. Um
sieben Uhr war Betriebsfest. Was auch noch ganz
ordentlich war, trotzdem ich keine rechte Lust
hatte. Aber ich musste ja dann drei alte Schachteln
tanzenderweise bewegen; und schließlich wurde es
doch 2.00 Uhr. Wir hatten Mühe, besonders Walter
rauszubekommen. An der Tür drehten die meisten
sich um und kamen zurück. Montag war ich ganz
gut in Form, nur vom vielen Singen ein bisschen
heiser. Wohin seid ihr noch am 1. Mai gegangen,
bzw. ob überhaupt? Und ich kann in Bezug auf das

andere Geschlecht natürlich außer Dir, Liebling, nur sagen, dass mir das so gleichgültig ist, dass ich mich schon bald selber darüber wundere, oder auch nicht. Ein Jahr ist es ja nun, dass wir manchmal monatlich nicht zusammenkommen, und somit auf uns alleine angewiesen sind. Bescheiden sollst Du gar nicht sein. Wann beginnen eigentlich Eure Ferien bzw. musst Du in Landdienst, Schatz? Über meinen Urlaub ist noch absolut nichts raus. Ist ja auch noch Zeit. Wann hältst Du für die günstigste Zeit für mein Kommen?

Hoffentlich klappt alles, aber es muss klappen. Ich komme auf jeden Fall. Liebling, Sport treibst Du ja kolossal viel, das kann man wohl sagen. Direkt zu beneiden seid ihr. Wozu Ihr allerdings schießen lernt, ist mir nicht klar, Liebes, aber immerhin ist 6,88 für den Anfang eine ganz beachtliche Leistung. Liebes, Du schreibst die leidige Geschichte wäre nicht wieder aufgetreten, trotzdem Du Dich schon besser gefühlt hast. Aber es wird schon wieder besser. Ist das nicht ein kleiner Widerspruch? Schreib doch. Ich hoffe, dass es wirklich besser bzw. ganz gut geworden ist. Na, bis ich da bin, doch bestimmt. Liebes, Liebes, wenn ich Dir wenigstens einmal übers Haar fahren könnte. Man wird bescheiden. Zurzeit ist es bei uns sehr trocken, aber sehr kalt, nachts meistens Frost. Was hat Walter von Wien erzählt? Nun, mein Liebling, einen herzlichen Kuss von Deinem, der Dich auch immer ganz doll lieb haben wird.

Gumbinnen, den 1.8.1938 nach Bendorf

Meine Allerbeste, für Deinen Brief, den ich am
Sonnabend empfing, vielen Dank. Er war wohl
schon Freitagabend da, aber ich war da unterwegs.
Die letzten Tage war hier sehr warm. Gestern und
heute fürchterlich, und wie ich Dir schon in meinem Brief, den ich dem Päckchen beilegte, mit-
teilte, bin ich furchtbar erkältet. Abgesehen davon,
dass ich es mir gar nicht erklären kann, wo ich mir
diese Geschichte geholt habe, geht der Schnupfen
absolut nicht weg. Es ist auch jetzt schon über
eine Woche her, und ich muss dauernd husten und
niesen, dass es rein zum auf die Bäume klettern
ist. Ich habe am Sonnabend schon aus lauter Ver-
zweiflung zwei heiße Zitronen und vier Grogs
getrunken, aber nichts wird besser, und jeden Tag
verbrauche ich für 60 Pfg. Tempo-Taschentücher.
Dass es Dir dort so einigermaßen geht, freut mich
natürlich, trotzdem ich ja das Abladen von Fudern
eigentlich für Männerarbeit halte, und es mir auch
weniger gefällt, dass Du noch zwei Pfund abge-
nommen hast. Ich hoffe ja aber, dass Du diese
inzwischen wieder zugenommen hast. Was hast Du
dort zu tun, wenn die Ernte zu Ende ist? Ist dort
eine Badegelegenheit? Liebes, weinen sollst Du
doch nicht, davon wird doch nichts besser, und in
zwei Wochen bist Du doch bei mir, das ist ja wohl
klar. Wenn ihr am 16. August eine Grenzlandfahrt
macht, das ist ein Dienstag, dann kannst Du am
Mittwoch hier sein, und bleibst dann bis Sonntag.

Wir beide haben schon so, so wenig voneinander, es dauert doch immer monatelang, bis wir mal ein paar Tage zusammen sein können. Und wer weiß wie lange das noch dauern wird, bis sich dieser unhaltbare Zustand ändert. Wenn ich daran denke, den ganzen Winter hier wieder allein zuzubringen, dann wird mir auch nicht besser. Aber zu ändern ist ja daran zunächst nichts, höchstens dass ich in der Lotterie gewinne, was sehr unwahrscheinlich ist. Also Du schreibst mir dann noch, wenn Du kommst. So teuer sind ja die paar Tage, die Du hier wohnst, auch nicht. Dass Walter so ein Pech mit seinem Arm hat, ist wirklich unangenehm. Hilde ist nun genug allein oder ist inzwischen der Besuch aus Ortelsburg da? Liebling, mein Schnupfen ist noch schlimmer geworden, die ganze Nase ist geschwollen. Gestern Nachmittag war ich baden und abends ins Bett. Es grüßt Dich, mein Liebling, mit vielen langen Küssen.

10. „WIEDERAUFBAU"

Ab und zu ließ sie sich von französischen Offizieren ausführen, ließ sich aber nie mit einem ein. Jetzt half ihr die Begabung für Fremdsprachen, die ihr in ihrem Abiturzeugnis bescheinigt worden war. Sie trug Nylons, sie mochte keine Farbnaht auf den bloßen Beinen. Nachts kam sie manchmal spät nach Hause, legte sich dann am Nachmittag nach der Schule zwei Stunden hin. Ging sie etwa ins Cosmopolit in Koblenz, wo gestrippt wurde oder ins Schall und Rauch, wo es Tischtelefone gab? – Etablissements, von denen die Koblenzer nur hinter vorgehaltener Hand sprachen oder über die sie verschämt kicherten. Ein französisches Auto fuhr vor dem Haus vor, hielt kurz, machte den Motor aus und fuhr dann weiter. Wenn sie sich nachmittags auf der Couch ausruhte, kam ihr Sohn herein und durfte ihr die grauen Haare herausziehen. Es waren schon recht viele.

Sie schrieb eine Menge Karten nach Weißrussland, erhielt aber allgemein gehaltene Antworten wegen der Zensur. Und irgendwann blieben die Antworten aus. Der Vater hatte versucht drei Kartoffeln an sich zu bringen und war von einem Wächter erwischt worden. Der gab ihm eine Ohrfeige und zeigte ihn an. Diebstahl von sozialistischem Eigentum lautete der Straftatbestand. Er kam vor das Lagergericht und wurde zu fünfundzwanzig Jahren Lagerhaft in einem Bergwerk in Workuta verurteilt. Workuta war eine sowjetische Stadt im westlichen Vorland des Polarural. Es gab dort ein Holzkombinat und vor allem Kohlebergbau. Die großen Deportations- und Straflager waren voll mit Kriegsgefangenen oder solchen, die sich, wie Alfons, an sowjetischem Eigentum vergangen hatten. Alfons musste unter Tage Kohle abbauen, zehn Stunden am Tag. Nur sonntags war frei. Nach zwei Jahren, in denen seine Familie nichts mehr von ihm hörte, war er zum Skelett abgemagert, galt mit siebenundfünfzig Kilo bei ein Meter achtzig Größe als Dystrophiker und wurde 1948 entlassen. Geistesgegenwärtig schlug er sich in die einzige westliche Stadt durch, die er kannte, Bendorf, wo seine Reineclaude 1937 bis 39 gewohnt hatte. Er mied die russisch besetzte Zone und kam, auf den Trittbrettern der überbesetzten Züge stehend, in Bendorf an.

Im Frühjahr 1949 stand in der Bahnhofstraße ein Mann vor der Tür, abgerissen, mit einer grünen Skimütze auf dem Kopf und einem Brotbeutel um den Hals. Die Mutter erkannte ihn kaum wieder. Er bekam ein warmes Bad, zu essen (nicht zu viel) und ein Bett auf der Liege im Wintergarten. Man musste sich behelfen, und für die Mutter wurde ein Klappbett ins Schlafzimmer der Kinder gestellt. Alfons hatte in Workuta im Bergwerk arbeiten müssen und war nur noch Haut und Knochen. In Polozk waren im Lager zweitausend Menschen. Und es war kalt. Überall gab es Wanzen. Noch in Deutschland vor dem Abtransport hatten sie alles nach Russland verladen, was nicht niet- und nagelfest war. All das hat er der Mutter des Erzählers nach seiner Heimkehr in Bendorf erzählt. Er erzählte auch, wie der Lagerleiter in Workuta den Gefangenen einmal in der Woche etwas Tabak und Zigarettenpapier auf den Tisch gestreut hatte und die Segnungen seines Systems pries. Alfons, der auch da völlig ruhig geblieben war, sollte sich von nun an zeitlebens mit der russischen Seele und Literatur beschäftigen. Er wusste nicht, dass „Die Brüder Karamasow", von denen ihm seine Reineclaude damals erzählt hatte, ihm schon damals näher waren als ihm lieb sein konnte. Es gab ein Fahrrad im Haus, und Alfons radelte nach Koblenz, um zu versuchen, bei Raiffeisen wieder anzufangen.

Ein junges Mädchen, Liesel Annen, kümmerte sich tagsüber um die Kinder, denn oft musste Käthe in dem großen Haushalt noch zusätzlich helfen. Sonntags fuhr Onkel Helmut, der zweite Mann ihrer älteren Schwester, mit seinem DKW vor, und Käthes Sohn sprang auf den Fahrersitz und lachte mit seinen lückenhaften Milchzähnen durch das heruntergekurbelte Fenster. Neben ihm draußen vor dem Auto, posierte mit Verführerinnenblick, in Rock, Bluse und Lackgürtel, die jüngste Schwester seiner Mutter. Oder sie versammelten sich alle vor dem Auto, im Kreise von Vater, Großmutter und Tante. Die Kinder dazwischen und vollständig aufgedreht von der überspannten, lustigen Atmosphäre. Sonntagsvormittags zog der Vater, der jetzt wieder etwas zugenommen hatte, seine weißen Tennishosen und ein weißes Oberhemd mit aufgekrempelten Armen an und lief eine ganze Stunde den Rhein entlang. Die Mutter zog sich ähnlich an, und nach dem Lauf fotografierten sie sich gegenseitig. Das war für die Eltern die einzige Abwechslung in der ganzen Woche.

Im Sommer machten sie Ausflüge mit dem Raddampfer auf dem Rhein. Das war doch etwas anderes als Ostpreußen. In Stolzenfels machten sie Station und stiegen hoch zum Schloss. Alfons fotografierte Käthe mit ihren zwei Kindern, den Arm um sie gelegt, der Junge rechts, das Mädchen links. Der Junge trug ein kariertes Hemd, eine

Lederhose mit einem weißen Hirsch auf dem Hosenträger und hatte seine Kniestrümpfe bis zu den Knöcheln heruntergerollt. Das Mädchen trug ein Dirndl mit umgebundener Schürze und hatte seine langen Zöpfe zu Schnecken nach oben gebunden. Die Mutter ein blaues Organza-Kleid mit Schlingenmuster. Alfons hatte die Zeis-Ikon extra für die Kinder angeschafft. – Im Herbst gingen sie auf die Höhen, oberhalb des Hotels Schützenhöhe und ließen Drachen steigen. Die Kinder angezogen wie Millionärsabkömmlinge. Sie stehen wieder neben der Mutter, der Sohn im feinen Sommerjackett in kurzen Hosen, weißen Söckchen und Sandalen, hält den vom Vater gebauten großen Drachen neben sich. Der Drache, mit langem Schweif, ist fast so groß wie er, links steht wieder die Schwester, im Tiroler-Jäckchen, mit einer schwarzen Handtasche und zieht eine Schnute. Die Mutter im karierten, taillierten Kostüm, trägt schon den Nachkömmling im Bauch. – Bilder mit dem Vater gibt es weniger, weil er fotografierte. Ein einziges Bild, von Käthe geschossen, zeigt ihn vor einem Weidezaun. Diesmal steht die Schwester zu seiner Rechten und schmiegt sich an ihn. Der Sohn, ich, sitzt im hellen Anorak auf dem Boden. Der Vater steht in seinem grauen Anzug neben den Kindern und blickt stolz auf sie herab. Auf einem anderen Bild sind alle vier zu sehen. Die Mutter mit Winterjacke und einem Federhut, der Vater neben ihr mit Hut und Ulster. Der Sohn mit einem großen Holzroller ist ganz in Bleyle gekleidet mit gleichfarbiger Mütze. Die Schwester auf der anderen Seite wieder in einer dicken Trachtenjacke mit einem Tiroler-Hütchen.

Gumbinnen, Donnerstag, den 29. September 1938 nach Bendorf

Meine Liebste, Beste, für Deinen langen Brief vielen Dank. Ich bin auch ziemlich triste und außerdem durch die langstielige Bahnfahrt etwas müde am Sonntagabend in G. eingetroffen. Der Tag verging ja auch, kaum dass er richtig begonnen hatte, und das Gefühl jetzt wieder wochen- bzw. monatelang allein zu sein, war keineswegs erhebend. Wäre es bloß nicht so weit, dann könnten wir uns wenigstens jeden Sonntag sehen. Am Montag habe ich natürlich auch die Rede gehört (bei Buzilowski) und dann noch zwei große Biere getrunken mit zwei Herren vom Wehrdienstamt. Eins ist klar, kommt es am Sonntag zur Mobilmachung, dann treffen wir uns diesen Sonntag in Allenstein. Ich würde Dich dann am Sonnabend, also übermorgen, nachmittags anrufen. Man muss damit immerhin rechnen, wenn zurzeit die Lage auch noch ungeklärt ist. Vielleicht weiß man morgen schon genaueres. Zu tun ist natürlich jetzt nicht so sehr viel. Man merkt, wie flau die Stimmung für irgendwelche geschäftlichen Aktionen ist. Im Hinblick darauf habe ich auch mit Walter gar nicht mehr gesprochen. Er selbst hat sich auch nicht gemeldet. Ich halte es auch für viel zu teuer, für nichts als einen Firmennamen 15.000 auszugeben, die man noch nicht einmal hat.
Dienstschluss ist jetzt immer so um 6 einhalb sieben. Dann esse ich Abendbrot und gehe zu Buzi

oder ins Hohe C Nachrichten hören. Allgemeines Unterhaltungsthema natürlich nur die Politik. Na abwarten, Tee trinken. Ich war eben noch Abend-meldungen hören. Die Verhandlungen in München sollen heute Abend noch zu Ende geführt werden. Ich lege diesem Brief die …. zehn, - bei. Hof-fentlich kommt alles gut an. Es wäre sehr schön, wenn wir die gut von Dir gefundenen Plätze bald gemeinsam besuchen könnten, aber ich halte ein Treffen in A. doch für besser.

Du weißt, mein Liebes, dass ich nur Dich ganz allein lieb habe, und auch in Gedanken dauernd bei Dir bin und von Dir weiß ich das auch. Sehr oft bin ich natürlich ärgerlich, dass es nur in Gedanken sein kann.

Es küsst Dich herzlich Dein

Gumbinnen, Sonntag, den 2.10.1938 nach Bendorf

Meine Liebste, Beste, für Deinen Brief vielen Dank. Ich war ordentlich erfreut, dass ich heute, sonntags, schon Antwort hatte. Ich konnte ihn im Bett lesen. Liebes, heute vor einer Woche war es doch schön, wie immer, und vor einem Jahr waren wir beide in Königsberg zusammen. Dass sich die Angelegenheit mit der Tschechei so geklärt hat, darüber sind so ziemlich alle froh. Das Geschäft ist auch gleich lebhafter geworden. Liebes, wenn ich auch keine Angst hatte, in Krieg zu gehen, so war es doch, na sagen wir, ein sonderbar und komisches Gefühl, wenn ich an Dich dachte und meine Käthe hier allein zurücklassen sollte. Na, die Vernunft hat ja noch gesiegt. Eine franz. Zeitung hat die Sache wohl am besten erfasst, indem sie diesen Krieg als etwas unsagbar Dummes bezeichnete. Liebling, ich kann Dir nur sagen, dass Du mich schon ganz richtig hast – das weißt Du doch auch, wie lieb ich Dich hab – dass es nicht noch wichtiger ist, dafür kann ich doch nicht, oder doch. Ich kann mir jedenfalls nichts anderes denken als uns beide. In der Praxis wirkt sich das doch insofern aus, als mich alle anderen Frauen auch nicht einen Fatz interessieren, und bei Dir ist es doch in Bezug auf die männlichen Wesen auch so, oder verlange ich zu viel? Dass es in Scharnau gebrannt hat, tut mir leid. Hoffentlich ist der Schaden leidlich gedeckt, was aber bei alten Gebäuden kaum anzunehmen ist.

11. NOCH EINMAL FAMILIE

Alfons bekam die Stelle bei Raiffeisen. Er erhielt einen Dienstwagen, einen raiffeisengrünen VW, und fuhr jeden Tag die zwölf Kilometer ins Raiffeisenhaus in die Roonstraße in Koblenz. Die Wohnung im ersten Stock des Hauses in Bendorf wurde frei, und Käthe zog mit Alfons und den Kindern hinauf. Jetzt war das ganze Haus von der Familie Karbarek und der Familie Teutenberg bewohnt. Die Zwillinge gerieten gut und fuhren nach der Grundschule mit der Tram in zwei Koblenzer Gymnasien. Jetzt waren sie zum ersten Mal getrennt. Der Junge wurde in den ersten zwei Klassen zum Überflieger. Aber als die Pubertät kam, in der er ohne irgendeine Form von Bewusstsein lebte, machten ihm die Lehrer Fluss und Weichlinger Schwierigkeiten. Sie sahen, dass der Junge eine selbstbewusste Persönlichkeit war, nur durch die Pubertät am Durchbruch zum eigenen Ich gehindert. Das störte sie, die in den Schülern Gegner sahen, die es zu überwältigen galt. Der Sohn bekam Rock'n'Roll-Schuhe und Elvis-Hemden gekauft und provozierte seinerseits. Diese beiden Lehrer hätten ihm fast seine ganze Jugend vergiftet. Das Konfirmationsbild zeigt ihn zusammen mit seiner Zwillingsschwester an die Front eines Opel Rekord gelehnt. Der Junge, ich, in dunkelblauem Zweireiher, das Mädchen in einem hellen Taftkleid. Mit sechzehn Jahren ging man ins Jugendkino. Der Vater, der sein ganzes Leben hindurch kühl und beherrscht gewesen war, verbat es ihnen. Dorthin gingen nur die Halbstarken. Tatsächlich trafen sich dort alle möglichen Leute. Aber das Jugendkino in der Eltzerhofstraße wurde vom Katholischen Leseverein betrieben und war für die Jugendlichen die einzige Möglichkeit, an gute, wenn auch den Zielen des Lesevereins entsprechend, ausgewählte Filme zu sehen. Sie gingen trotzdem hin. Fernsehen kam gerade erst auf. Fluss und Weichlinger waren aufgefallen und wurden in eine andere Schule versetzt. In der Oberstufe bekam man sowieso andere Lehrer, und der Junge erhielt Spitzennoten, besonders in Deutsch und Mathematik. Nur in Latein haperte es, dank Weichlingers schlechter Vorarbeit. Aber er machte doch das Große Latinum. Beide Kinder machten im gleichen Jahr Abitur. Die Mutter gab dem Jungen die Briefe, die Alfons ihr von Ostpreußen in den Arbeitsdienst, auf das Rittergut Linken, wo sie sechs Monate als Hauslehrerin gearbeitet hatte, und nach Bendorf, wo sie während ihres Studiums gewohnt hatte, geschickt hatte. Der Sohn las die Briefe, die seine Mutter in einer Pralinenschachtel von Stollwerk aufbewahrt hatte, als Achtzehnjähriger, und er verstand sie erst gar nicht. Erst allmählich dämmerte ihm, dass er und seine Schwester aus einer ganz ungewöhnlichen Beziehung hervorgegangen waren. Er beschloss, Slawistik zu studieren, um Russland zu verstehen. Der Sohn hatte einen Vater gehabt, der in russischer Gefangenschaft gewesen war, und jetzt sollte sein Sohn Slawistik studieren, die Wissenschaft von denen da drüben, die seinen Vater in Polozk und Workuta geschuriegelt hatten? Es gab eine Menge Aussprachen, aber der Sohn blieb bei seinem Vorsatz und nahm noch Philosophie dazu.

Die Briefe von Alfons an Käthe zeigen, dass es auch über die Entfernung von tausend Kilometers kreuz und quer durch Ostpreußen keine einfache Beziehung war.

Beide waren eifersüchtig, obwohl beide keinen Anlass dazu gaben. Mein Gott, dachte der Sohn, der sich eine Karte von Ostpreußen neben die Briefe legte, dieses schöne große, verlorene Land! Und wie viele Seen es dort gab. In Masuren zum Beispiel Kaltenborn und Bujaken, bei Hohenstein gab es zwei große Seen, und nordöstlich den Spirdingsee, den Lowentinsee, den Dargeinensee, den Mauersee, von denen einer fast so groß war wie ein Meer.

Im Alter unterschieden sich Alfons und Käthe kaum mehr voneinander. Sie rückten zusammen, trotz wachsender Sprachlosigkeit. Ein Bild zeigt ihn, vielleicht 1983, von mir, dem Erzähler, aufgenommen, mit einer Zigarette in der Hand vor dem Fernseher. Er rauchte nur Peer de Luxe und stieß gerade den Rauch aus, vom Blitzlicht festgehalten. Ihm war klar geworden, dass er Schuld auf sich geladen hatte, aber auch, dass der Einzelne sich von der Moralität seiner Zeit schwer lösen kann. Und das Naturrecht? – Davon hat damals keiner gesprochen.

Auf einem zweiten Bild sitzt er im Wohnzimmersessel neben seiner Frau. Er blättert, mit großer Hornbrille, in einem Buch und schaut nicht auf. Käthe sitzt schräg hinter ihm und nimmt keinen Blickkontakt zu ihm auf. Er trägt einen Pullunder, den ich, sein Sohn, ihm geschenkt hatte. Von den Büchern im Hintergrund kann man noch ein paar Titel erkennen. Einer ist „Ansichten eines Clowns" von Heinrich Böll. Auf einem dritten Bild ist der Nachkömmling zu sehen, wie er, noch als Rechtsreferendar, an seinem BMW 1802 den Luftfilter wechselt. Er wurde später ein erfolgreicher Anwalt.

Alfons starb mit achtzig Jahren, Käthe mit fünfundachtzig. Auf seiner Todesanzeige stand, was sie sich gewünscht hatte: „Wir haben füreinander gelebt."

Gumbinnen, den 16.2.1939 nach Bendorf

Meine Liebste, Beste, für Deinen Brief herzlichen Dank. Angefangen habe ich diesen Antwortbrief schon gestern Abend. Aber ich einfach zu müde. Ich war im Kino, es gab den letzten Tag „Pour le Mérite", ich wollte das nicht versäumen, und hinterher war ich dann doch zu molch. Na, hoffentlich hast Du den Brief zum Sonntag, sonst haust Du mir sicher eins. Zunächst ist ja die Hauptsache, dass Du wieder einigermaßen auf Deck bist. Dass nun wieder gleich die Rennerei mit Handballspielen losgeht, ist ja wohl weniger gut. Ich finde auch die ganze Segelfliegerei für Mädchen höchst überflüssig, man soll sie lieber zu ihren Besten schicken, damit sie viele lange Küsse bekommen. Fall bloß nicht runter, sonst machst Du Dir noch was. Vom Karneval ist hier leider nichts zu merken; wir haben große Absatzschwierigkeit für Getreide – es ist scheinbar zu viel da – und überhaupt furchtbar viel zu tun, so dass ich abends immer sehr müde bin. Eben habe ich mir mit Deinem Feuerzeug eine Zigarette angesteckt. Ich wüsste bestimmt nicht mehr, wie ich ohne dies auskommen könnte, es war bestimmt ein ausgezeichnetes Geschenk. Sonst geht's mir nicht sonderlich schlecht, aber auch nicht glänzend, ich warte auf den Sommer und somit auf Dich, Liebes. Wie wird das sein, Schatz, wenn wir nach so langer Zeit wieder zusammen sein werden. Ich kann mir nur vorstellen, dass die ersten 24 Stunden aus einem langen Kuss bestehen werden, bis Du wieder rufst genug! Liebling, Du hast übrigens sehr recht (wie immer), wenn Du sagst, dass diese Art von Freundschaft wie sie zwischen Dir und Kyek bestand, zwischen den verschiedenen Geschlechtern sehr selten ist, ich habe neulich darüber gelesen.

Der Mann sagte dasselbe, wie gesagt, also selten, aber nicht unmöglich, wie das auch dieser Fall beweist. Es ist schade, dass man die Zeit nicht auf die Bank tragen kann, um sie abzuheben, wenn sie gebraucht wird. Wann kommst Du eigentlich vom Segelfliegen zurück?

Es grüßt Dich herzlichst in alter Liebe, Dein Bester, der nur auf Dich wartet.

12. NACHWORT

Im Laufe meiner Nachforschungen ist auch meine Erinnerung Schritt für Schritt zurückgekommen. Ich wollte dem Leser eigentlich weniger meine Mutter als Alfons, meinen Vater, nahebringen. Ein Mann, der sehen musste, wie ihn seine Kinder, trotz seiner hohen Intelligenz, mit ihrem Bildungswissen überholten. Eigentlich beerbt hat ihn sein Nachkömmling, der Jurist wurde. Alfons fühlte sich sein ganzes Leben zum Recht und zur Rechtswissenschaft hingezogen. Der Jüngste wurde die wahre Augenweide seines Vaters, ein erfolgreicher Wirtschaftsanwalt mit einer eigenen großen Kanzlei. Aber Alfons erlebte seinen Nachkömmling nur noch als angestellten Rechtsanwalt. Vor dessen Selbstständigkeit überraschte ihn der Tod.

Wo die Familie gebraucht wurde, da war sie zur Stelle. Heute würde man diese Familie und ihre Kinder als im höchsten Grade mobil bezeichnen. – Von Scharnau nach Neidenburg. Von Neidenburg nach Hohenstein. Hauslehrerstelle in Waldau bei Königberg. Dann in den Arbeitsdienst sechshundert Kilometer nach Tussainen, Kreis Ragnit. Tausend Kilometer westlich nach Koblenz zum Studium. Dann zurück in die Landschulen Kaltenborn und Omolefofen.

Alfons musste sich im ganzen Kreis Neidenburg umtun. Danach in die ermländische Kreisstadt Rößel mitten in Ostpreußen. Dann fast bis an die litauische, später russische Grenze nach Gumbinnen. Nordpolen und Gefangenschaft in Russland und dann nach Koblenz auch mindestens zweitausend Kilometer. Was musste eigentlich noch passieren, damit die Familie nicht in alle Winde zerstreut wurde? Aber im Rheinland fand man sich zusammen. Die beiden jüngsten Brüder von Käthe wurden Ingenieure in Köln und Frankfurt, waren aber, trotz Heirat und Kindern, fast jedes Wochenende in Bendorf bei ihrer Restfamilie. Beider Kinder wurden fast nur von Käthes jüngeren Schwestern großgezogen. Auch der Erzähler, Studienrat für Russisch und Philosophie, betrachtet das Rheinland als seine Heimat.

Jens Korbus, 1943 in Ostpreußen geboren. Studierte Germanistik und Philosophie und unterrichtete, nach einem Zwischenspiel als Assistent an der Düsseldorfer Uni, an einem Koblenzer Gymnasium. 1988 erhielt er aus der Hand des rheinland-pfälzischen Kultusministers den Fachinger Kulturpreis für seinen Brief an Goethe. Er veröffentlichte bis heute 20 Bücher, davon sechs über Goethe.

Jens Korbus
Mein Goethe
ISBN 978-
3752832297
€ 15,90 (Taschen-
buch)
€ 6,49(Ebook)

Als Jens Korbus im September 1988 erster Preisträger beim Fachinger Kulturpreis wurde, hatte er von seinen achtzehn Büchern noch keines geschrieben. Aber er beeindruckte Professor Herbert Heckmann, den damaligen Präsidenten der Deutschen Akademie für Sprache und Dichtung und die vier anderen Jurymitglieder so, dass er (die Texte wurden anonym eingesandt) den 1. Preis erhielt. Es folgten ein Cagliostro-Roman und siebzehn weitere Erzählungen und Novellen, sechs davon über Goethe. Jens Korbus stellt sich mit seinen sechs hier versammelten Büchern als ausgewiesener Goethe-Kenner dar. Er ist studierter Germanist und Philosoph.